小学館文庫

あやかし斬り
千年狐は綾を解く

霜月りつ

JN054599

小学館

第一話　蟷螂の疵　とうろうのきず　五
第二話　振り袖夢幻　ふりそでむげん　一一七
第三話　狐火の夜　きつねびのよる　二一九

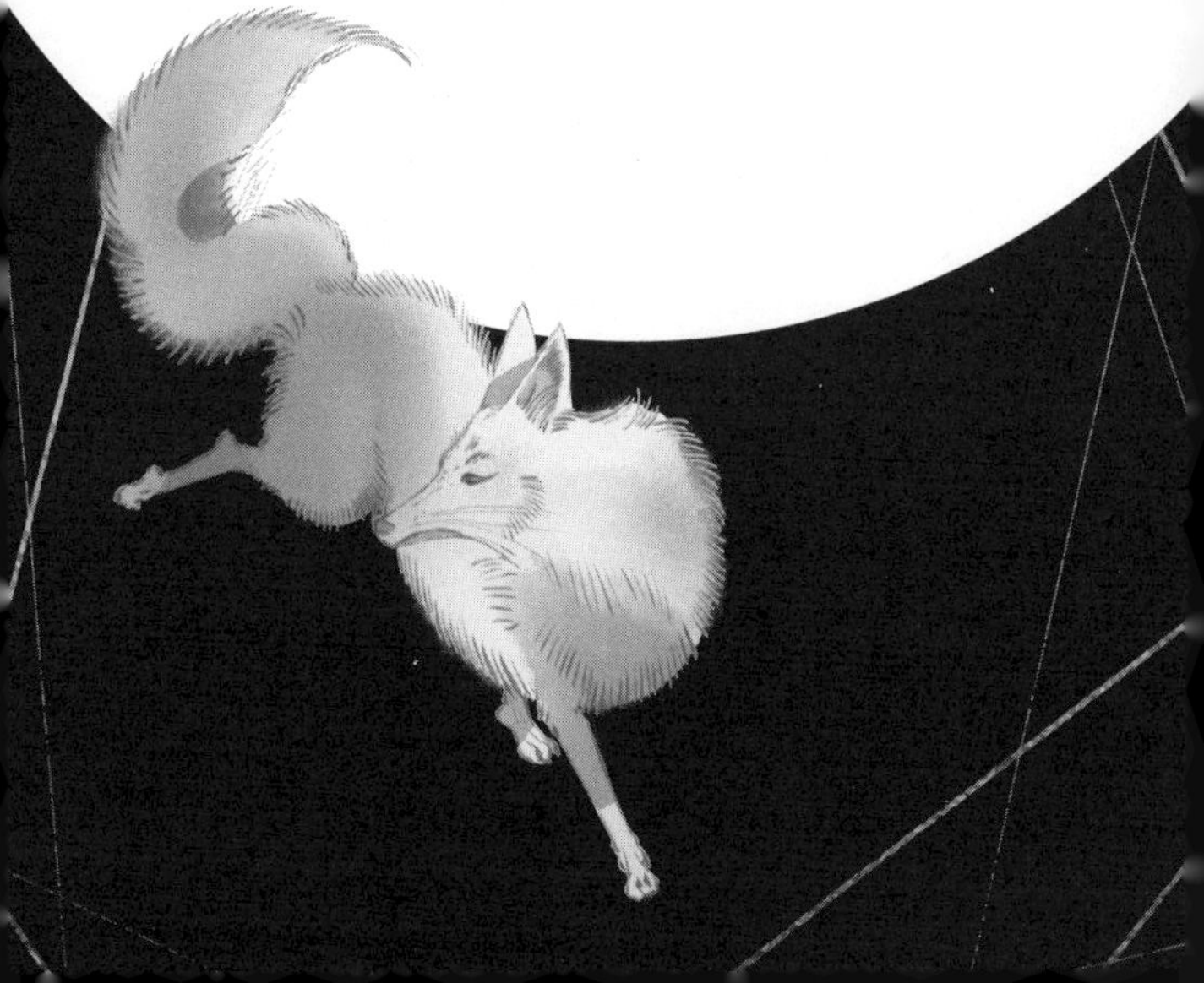

第一話　蟷螂の疵

とうろうのきず

序

「若先生、たいへんだよ！」

裏長屋に住む大工の倅《せがれ》、小太郎《こたろう》が、五月の燕《つばめ》のように駆け込んでくる。

武居多聞《たけいたもん》はそのとき常磐津《ときわず》の師匠、志ノ梅《しのうめ》の診察をしているところだった。少し前から胸になにかつかえるようになったというので、胃《い》の腑《ふ》辺りをさぐるため、上半身をはだけさせていた。

志ノ梅は驚く様子も見せずに「あらあら」と着物をかきあげ胸を隠した。八歳の小太郎の方が小さく悲鳴をあげて背を向ける。

「コタ、診察の邪魔をするな」

突き指をすれば腕を折った、膝をすりむけば足を折ったと十倍大げさに騒ぐ少年だ。

多聞は小太郎を軽く睨《にら》んだ。

「ご、ごめんよ！　でもたいへんなんだ」

小太郎は後ろを向いたまま怒鳴るように言った。

「覚蔵《かくぞう》親方のとこの普請が崩れてよ、何人も下敷きになっちまった！　大体は引っ張り出したんだけど、血まみれになってるやつもいるんだよお！」

「真《まこと》か？　いつもの大げさな嘘《うそ》なら……」

からかい調子で言ったが、多聞は診察の手を止めていた。

「ほんとにほんとだよ！　おとっつぁんの金づちを賭けてもいい」

「親の仕事道具を賭けるな」

多聞は志ノ梅に背を向けると手早く道具箱の用意をした。

「師匠、悪いが診察はあとでいいか」

志ノ梅は豊満な乳房を着物の中へ押し込み、きりっとまなじりを吊《つ》り上げた。

「もちろんさ。あたしの方は別に一刻を争うわけじゃありませんからね。なんかお手伝いできることとありませんか」

多聞はにこりと笑って顔の前に片手を挙げて拝んだ。

「ありがたい。さらしがあまってたら頂戴したい。他の家にも声をかけて集めてくれ。コタ、おまえは覚蔵のところへ着いたら湯を用意しろ」

「合点だ」

小太郎は大人のような口調で応えると、多聞が準備した道具箱を肩に担いだ。そこへ庭の薬草を摘んでいた母親の多紀《たき》が戻ってきた。

「多聞、どこへ行くのだえ」

「申し訳ありません、母上。休診の札を出しておいてください」

多聞はそう答えると小太郎と一緒に駆けだして行った。


「おいらもお医者になろうかなあ。お医者になったら志ノ梅師匠みたいな美人のおっぱいがただで見られるんだろう」

小太郎が多聞のあとを走りながら言った。

「女の乳が見たいから医者になったわけではないぞ」

「若先生はいい男だから、お医者でなくても女はおっぱい見せるんだろうけどな」

「おだててもなにも出さんぞ」

多聞は振り向いて小太郎に笑いかける。そのつま先が落ちていた木の板にひっかかって転びそうになった。

「ちょっとうっかりだけどな」

武居多聞は二十八歳の蘭方医《らんぽうい》だ。武居家はもともと御家人で、次男であった父親が医者の道を志し、本所松倉町あたりに武居庵《あん》という診療所を開いた。

本道医として漢方を専門にした父と違い、多聞は早くから西洋医術に興味を持って長崎にまで留学した。一年前、ようやく手助けができると江戸に戻ってきたとたん父が亡くなり、今は武居庵を引き継ぎ、母親と暮らしている。

小太郎が言ったように、多聞は背も高く、目元の涼やかな美丈夫だった。若い娘たちよりは、志ノ梅のような玄人が「男っぽいのに可愛《かわい》げがある」ともてはやす類の色気もあるが、本人には全く自覚がない。

武居の屋敷の裏は十軒ばかりの長屋となっており、小太郎はそこの住人だった。志ノ梅も同じ長屋に住んでいる。

幼いころから長屋の住人と親しかった多聞は、今も武家、町人区別なく診療し、気安く親身に診てくれる「若先生」と信頼も厚かった。

家が崩れたという現場は武居庵から七町（八百メートルほど）も離れていない。澄んだ青空の下でバラバラになっている柱や足組は、なにかの冗談のように玩具めいて見えた。

その中で、足場から落ちたもの、崩れた柱の下敷きになったものなどが大勢呻《うめ》いている。

「みな、しっかりしろ。すぐに治療をするからな」

多聞が大声をあげると倒れていたものたちは「若先生だ」「多聞先生！」「助かった」と顔を輝かせた。

すでにさらしを巻かれているものもいたが、一人だけ、そのさらしを真っ赤に染めているものがいた。

「この男はどういう状況だった？」

多聞は血塗《ちまみ》れの男のそばに座った。ひどい出血は太股《ふともも》からのようだ。

「柱につぶされて……その柱にあった釘《くぎ》で股を引き裂いちまったんだ」

頭に包帯を巻いた男が悔しそうに呟《つぶや》く。

「おらぁ、ここの指図をしてた覚蔵だ。頼む、与助《よすけ》を助けてくれ。こいつぁ、こないだ子供が生まれたばかりなんだ」

多聞は激痛に呻いている若い男を見た。

「こんな崩れかたをするような組み方はしてねえはずなんだ。誰かがわざと倒したとしか思えねえ。でもそんなやつ、どこにも」

「わかった、全力を尽くす」

言いわけのような憤りのような覚蔵の言葉をさえぎり、多聞は出血でぐずぐずになったさらしを解《ほど》いた。その傷口を見て眉をひそめる。

(傷口が大きい……これは縫わねばだめだ)

人間の体には太い血管が何本か走っている。そこを傷つけられると短時間で死に至る。長崎で蘭方医術を学んだ多聞には外科の知識があった。そのための道具もある。

だが。

「せ、せんせい……」

与助は切れ切れに言った。

「た、助けて……助けてくれ」

「大丈夫だ。必ず助ける」

多聞は大きく笑みを作った。その笑顔に与助は安堵《あんど》したか、ほおっと長いため息をつく。

「今からおまえの血を止めるため傷口を縫う」

多聞はまず太股の付け根をきつく縛った。

「ひぃ、……っ」

「かなり痛むが我慢しろ」

与助の顔が歪《ゆが》む。そこへ小太郎がお湯を零《こぼ》さないように、えっちらおっちらと運んできた。

多聞は湯につけた針に糸を通すと周りの仲間たちに与助を押さえるように言った。

針を肉に差し込むと与助の体が激しく震えた。

「与助！　我慢しろ！」

覚蔵が叫ぶが与助は激しく身悶《みもだ》えた。

「いてえ！　いてえよぉ！」

見ている小太郎の顔が青くなる。八つの子供には刺激が強すぎる光景だろう。

「いてえよう！　もう勘弁してくれ！」

叫んで暴れては体力が消耗する一方だ。何年か前に、外科医華岡青洲《はなおかせいしゅう》が全身麻酔の手術に成功しているが、今はその設備もない。

「与助、暴れるな」

声をかけ、針を進めようとするが、与助の動きは止まらない。いっそ殴って気絶させるか、と思ったとき、目の前に湯飲みが差し出された。

「薬です、飲ませなさい」

えっと顔を上げて多聞は驚いた。そこにぞっとするほど美しい貌《かお》を見つけたからだ。まるで舞台上の役者のように整った顔。化粧をしているとも思えないのに、目の縁は黒々と、唇は紅《あか》く熟れている。

「な、なんだ……」

「薬です。飲めばすぐ寝る」

男は――そう、その声は低く、男のものだった――繰り返した。

「薬だと？」

「俺は薬売りなので」

よく見れば男は旅人風の姿だった。手甲脚絆《てっこうきゃはん》に黒い股引《ももひき》を穿《は》き、大きめの白い羽織を縞《しま》の着物の上にまとい、頭には女ものの編《あ》み笠《がさ》をかぶっている。背後に薬入れらしい朱塗りの箱が置いてあった。

「薬……通仙散《つうせんさん》か？」

多聞は記憶にあった麻酔薬の名を言った。だが薬売りは首を横に振る。今はもう深い編み笠が顔を隠し、白い顎しか見えない。

「あれは効くまでに時間がかかる。これならすぐです。早く」

薬売りの声に多聞は湯飲みを受け取り、与助の体を少し持ち上げた。

「飲め」

「うう……」

与助は湯飲みを持つ多聞の手にすがりつくようにしてそれを飲んだ。ごくり、とのどが動いたとたん、与助の体から力が抜け、そのまま意識を失った。

多聞ははっとした。言われるまま得体の知れないものを飲ませてしまった。自分は医者で患者の命に責任があるというのに。だが、彼の声と目には真実の力と光があったと思ったのだ。

「これほど効くとは」

「ただ、丸一日、目を覚ましませんがね」

薬売りはそう言うと立ち上がった。小柄な男だった。崩れた柱の方に行って、それを触っている。編み笠の下から見える結んだ髪は年寄りのように真っ白だった。

「先生?」

覚蔵に声をかけられ、多聞は改めて与助の怪我《けが》に注意を向けた。大人しくなっているうちに縫い合わせるのだ。

治療に専念して四半刻、ようやく出血を止めて顔をあげたが、あの美しい薬売りの男はどこにもいなかった。


そんなことがあってから数日後、多聞は往診帰りの夜道を急いでいた。じきに五月になるというのに、やたらと冷える夜だった。花冷えとはこういうことを言うのだろうか、と多聞は身をすくめた。

今日は炭問屋に呼ばれていた。朝積み出す荷を使用人たちが用意していたところ、急に縄が切れて炭俵の下敷きになったものが大勢出た。

その治療に呼ばれ、終わった後夕餉《ゆうげ》を馳走《ちそう》になったのだ。居心地がよくてのんびりしていたら遅くなった。

足下は炭問屋で貸してくれた提灯《ちょうちん》が照らしているが、そのほかは月明かりだけが頼りの暗い道だ。片側は用水路でもう片側は武家屋敷の長い土塀が続く。人通りはまったくなかった。

そんな闇の中で、前方から、カン、カンとなにかがぶつかる硬い音が聞こえた。それに獣のようなうなり声。

多聞は帯に差した小太刀《こだち》に手をやった。医者ではあっても武居の家は武家だ。多聞は剣術も好きで今も毎朝素振りは欠かさない。

（もしや、誰かが野犬にでも襲われているのか）

多聞は提灯をかざしたが、暗い道の先は見えなかった。

大きく声を上げる。わざと足音も荒くして、音のする方へ駆け寄った。じきに立っている人の姿が見えてきた。

「おい、大丈夫か！」

「おまえは――」

そこにいたのは以前、薬をくれた薬売りだった。

治療の後、与助は薬売りの言った通り丸一日意識を取り戻さなかった。だが、翌朝起きたときには体のどこにも異常はなく、あれは本当にただの眠り薬だったらしい。

しかしあれほどの即効性のある薬は多聞の知識にはなかった。麻酔薬は華岡青洲が開発した通仙散が有名だが、薬売りの言った通り、効くまでに二刻はかかる。それに湯飲みに残された液体を調べてみたが、使われているものを特定することもできなかった。

できればもう一度会って薬のことを聞きたいと願っていた――その薬売りがいる。

多聞は薬売りが対峙《たいじ》している相手に提灯を突き出した。

「うわっ！」

思わず声を上げたのは、頼りない光に浮かび上がったものが、見たこともない生き物だったからだ。

まるで熊を細長く引き伸ばしたような、大きな獣だ。後ろ足で立ち上がり、短い前足を頭の上に振りかぶっている。しかし灯《あか》りの届かぬ頭部には、獣らしき口吻《こうふん》が見えなかった。

恐怖が足元から脳天にまで突き抜けたが、獣の前に立つ薬売りの頼りない背中に、救わねばという思いが勝った。多聞は提灯を地面に置くと、右手で小太刀を抜いた。

「薬売り、こっちへ――そっと下がれ」

「そんな小太刀でどうするんです」

薬売りの冷ややかな声が聞こえた。

「腕にはいささか覚えがある。民を護《まも》るのは武家の役目だ」

「おやまあ、勇気がおありで」

　薬売りは先日と同じ編み笠をかぶっていた。ほとんど顔を隠すほどで、前が見えていないのではないかと心配になる。

「なにをのんきに――」

　多聞が駆け寄ろうとする一瞬前。

　細長い熊の黒い腕が薬売りの頭に向かって振り下ろされた。薬売りの首が引きちぎられた――。

　と、思ったが、多聞の足下にころがってきたのは編み笠のみで中身はなかった。思わず見上げると薬売りは宙にいた。笠の下に隠していた長く白い髪をなびかせ、一回転して熊の頭にとりつく。

　薬売りの手甲をつけた手がぐるりと回ると、不気味な音をたてて熊の首が回転した。見ていると熊の体は徐々に縮み、薬売りが地面に着地すると同時に猫ほどの大きさになってしまった。

　薬売りは獣の首を片手で摘《つ》まんで顔の前にまで持ち上げた。完全に骨が折れているらしく、首がぶらぶらしている。獣は大きく口を開けたままだった。

　ぽうっと獣の全身が淡く光った。毛皮だけでなく開いた口の中も光っている。その口から蛍のように小さな光が一筋流れたかと思うと、見る間に薬売りの口の中に吸い込まれていった。

のが見えた。

「……」

薬売りは光を呑《の》み込むとコクリとのどを動かした。白いのどの中に光が落ちていくのが見えた。

多聞は呼吸をするのも忘れてその様子を見ていた。

薬売りは右手に得体の知れぬ獣をぶら下げ、こちらへ近づいてきた。

「すみませんね」

薬売りが左手を出した。それで多聞は自分が彼の笠を持っていることに気づいた。

編み笠を渡すと薬売りはそれをひょいと自分の頭に載せた。すぐに美しい顔が隠れてしまう。

「そ、それはなんだ?」

声は震えたが出せただけよしとしよう。

「ムジナですよ」

薬売りはつまらなさそうに答える。

「ムジナ?」

それは確か子供に話すおとぎ話に出てくる名前……。

「こないだの普請中の事故、こいつの仕業だったんですよ。縄を切るのが好きなやつでしてね」

薬売りはムジナの首をつかんで多聞に見せた。提灯のゆらめく灯りの下でその顔は人のようにも見え、多聞はぎょっとして一歩引いた。しかし。

「縄を切るのが好き？　だとしたら今日の炭問屋の一件も……」

「おや」

薬売りは編み笠の陰の下でにやりと唇をつり上げた。

「先生とはご縁がある様子」

「しかしムジナとは……さっきは熊のように大きかったぞ。どうして体の大きさが変わる？　どうやって縄を切る？」

「妖怪なんですよ」

薬売りは周知の事実のように言う。その言葉はすとんと腑に落ちたが、それを飲み込んではいかんと多聞は首を振った。

「ようかい？　まさか！」

「妖怪だから姿が変わる。妖怪だから縄を切る。理屈もなにもありません、そんなものなんです」

「いや、そんなものがいるはずがない！」

薬売りは顔をあげた。笠で見えなかった目がきろりと光って多聞を射る。

「なら話はそれで終わりです」

「え、」

薬売りは背を向ける。白い羽織の上に長い髪が水のように流れている。

「ま、待て！　その獣をどうするのだ」

「薬にします」

「え？」

「せんの薬はよく効いたでしょう……」

薬売りの背は闇に消えた。多聞は呆然《ぼうぜん》と立っていた。

「妖怪……？　薬……？　妖怪を薬にする……？」

ふっと提灯の火が消え、あたりがまっくらになった。

「待て、薬売り――！」

多聞は白い羽織のあとを追った。しかし、その夜、多聞が薬売りに追いつくことはなかった。

一

あれからひと月、江戸は梅雨入りし、毎日細い雨が降っている。

あの夜のことは夢だったのかもしれない、と多聞は思うようになっていた。まるで現実味がないのだ。化け物のことも美しい薬売りのことも、紙に綴《つづ》られた物語のようだ。

今日は両国橋を渡って旧知の同心、板橋厚仁《いたばしあつひと》の家へ往診に行っていた。父の代から親しくしていて、厚仁は隠居した父の跡を継ぎ、定町廻《じょうまちまわ》り同心として活躍している。その母親が体内に岩《がん》（腫瘍）を抱えていて、余命幾ばくもない。

乳岩を取り除くことなら長崎でも学んだが、腹の奥深くでは多聞ではどうしようもない。それでも多聞が行くと具合が良くなると言われ、気休めの痛み止めなどを処方してやるのだ。

そのあと夕飯を馳走になり、遅くなってしまった。

この時代、隅田川は吾妻橋《あづまばし》より下流を大川と呼んだ。多聞の住む松倉町はぎりぎり大川付近と言える。

その大川の土手を、傘を差して歩く。雨の中を好き好んで出歩く人間は少なく、誰とも行き合わなかった。

御厩河岸《おんまいがし》の渡しを過ぎればもうじき松倉町、というところで、多聞は川岸になにかの獣が打ち上げられているのを見た。犬かもしれない。下半身は水に浸《つ》かって上半身だけ岸に乗り上げている。夕方だったが白い毛皮が赤く染まっているのがわかった。

一旦通り過ぎ、しかし結局、多聞は土手を滑り降りた。獣がわずかに動いたことに気づいてしまったからだ。

「おい、大丈夫か？」

傘を置いて両手で体を引きあげてやる。そうしてやっと相手が犬ではないことに気づいた。

「狐《きつね》、か」

太い尾、細長い口吻、三角の大きな耳。しかし狐は狐色というくらいに黄色い毛並みのはずだが、この狐は全身が真っ白だった。

「この傷、刀か鎌か」

狐の背に真《ま》っ直《す》ぐな切り傷がある。たわむれに人間が傷をつけたのかもしれない。

「野のものだといってもひどいことをする」

多聞は懐から手ぬぐいを出し、傷口に当てた。着ていた羽織を脱ぎ、それでくるむ。

「行きあったのも縁だ。うちに来い」

抱き上げてそう言うと、三角の耳がぴくりと動き、閉じられていた目が開いた。その目は透き通った金色だった。

（どこかで）

ふとそう思ったが、間近で狐を見た記憶などない。

狐はすぐに目を閉じてしまった。

多聞は狐をもう一度しっかりくるむと片手で抱き、傘を肩に載せ、反対側の手で荷物を持ち、苦労して土手の上に這《は》いあがった。

「まあ、多聞。なにを持ってきたのです」

家に帰ると玄関に出てきた母親の多紀が眉をひそめた。下働きの源治郎《げんじろう》老人が「お帰りなさいませ」と道具箱を受け取ってくれる。

「狐です。怪我をしています」

「おまえはまったく。昔から怪我をした犬やら猫やらカラスやら持ち込んで、お父上に叱られていましたね」

多聞は首をすくめると、抱いていた狐を軽く揺すった。

「叱られはしましたが、父上はちゃんと手当てしてくださいましたよ。この狐は私の患者ですから無体な扱いはしないでくださいね」

「触りたくもありませんよ」

母親はそう言ってすぐに奥に引っ込んでしまった。多聞は、やれやれと肩の力を抜く。

「そういえばおまえ、夕餉はどうするの」

廊下の奥から声が響いた。反射的に多聞はぴんと背筋を伸ばした。

「板橋家でいただいてきました！」

奥に向かって声を放るも、もう返事はなかった。

「源じいは食事をとったのかい？」

多聞が聞くと源治郎は「へえ」と目を細めた。

「奥様が、若先生は遅くなるようだから食べてしまうようにとおっしゃったので、お先にいただきました」

「そうか」

「奥様は夕餉を一緒におとりになりたかったんですよ」

源治郎はにこにこしている。父の頃から仕えて、家の雑事いっさいを引き受けてくれている老人だ。癇癪《かんしゃく》持ちの母親も、源治郎にはあまり強くは出られない。

多聞は狐を診療室に連れて行くと背中の傷を診た。狐は意識がないらしくぐったりしている。

「おい、これから傷を縫うからちょぃと大人しくしててくれよ」

そう断って狐の手足を縛る。

背中のふさふさとした毛を剃刀《かみそり》でそり落とす。見事な毛並みだったが仕方がない。消毒用に使っている焼酎で布を濡《ぬ》らし傷口に押し当てると、ぶるるっと体を震わせた。そのとき一度目を開けたが、唸《うな》ることも歯を見せることもなかった。

「よし、いい子だ」

多聞は狐と目を合わせ、頭を撫《な》でてやった。小さな体の震えを感じると、助けてやらなければ、と胸が痛む。

狐の背中の傷を縫い始める。狐はぎゅっと目を閉じて体を固くしていた。多聞は時々狐の頭を撫で、声をかけて、ちくちくと針を進めていった。

すべて縫い終わると化膿《かのう》止めの薬を塗り、清潔なさらしを巻いてやる。

「ほら、終わったぞ」

多聞は狐の手足を縛っていた紐《ひも》を解いたが、狐は逃げる気力もないのか弛緩《しかん》した四肢を投げ出していた。また意識をなくしてしまったようだ。

多聞は部屋を出ると台所へ行き、母親が梅干しを作るときに使う大きなざるを持ってきた。そこへ自分の着古した着物を詰め、狐を抱えて中に寝かせた。狐は自然と丸くなり、しっぽを抱えて顔を埋《うず》める。

「熱が出るかもしれないな」

多聞はざるごと狐を抱え上げ、自分が休む部屋へ連れて行った。

文机のそばに狐の入ったざるを置き、水を入れた水差しも用意した。

「はて、狐は水差しで水が飲めたかな？」

狐を世話するのは初めてだ。だが何とかなるだろうと多聞は狐に羽織をかけた。

「さて」

行灯《あんどん》に火をいれ、文机に向かう。長崎の修業仲間から借りた西洋の医術書を開く。これを写すのが最近の日課だ。

多聞は長崎で師からもらった羽ペンをとると、墨壺《すみつぼ》に浸した。


夢中で異国の文字を追って何刻過ぎたか、背後でがさりと布が擦《こす》れる音がした。振りむくと狐がざるから顔を出している。多聞をじっと見つめ、ぴくぴくとひげを動かしていた。

「気が付いたか」

多聞は狐のそばに膝で寄ると水差しを取り上げた。

「どうだ、のどが渇かないか？　水を飲むか？」

言いながら水差しを狐の尖《とが》った鼻先に持って行く。水の匂いに気づいたか、狐が口を開けたので、その中に静かに水を注いだ。あぐあぐと顎を動かし、狐が水を飲む。

「うん、上手に飲めたな」

多聞は狐の目の上を指先で掻《か》いてやった。昔飼っていた犬はそうされることが好きだったのを思い出したのだ。狐も目を閉じて気持ちよさそうにしている。

「狐よ。おまえは俺の患者なのだが、実は母上は動物がお嫌いなのだ。おまえのことも邪険に扱うかもしれん。怪我が治って動けるようになっても母上のそばには近づくなよ」

こっそりと三角の耳にそう囁《ささや》くと、わかったというようにパタパタと動いた。

「はは、いい返事だ」

多聞は狐の上に羽織をかけ直してやった。

「よし、ではもう少し頑張ろう」

多聞は文机に戻り、狐は尾の中に顔を戻した。

やがて行灯の灯りが小さくなって手元が暗くなった頃、多聞はペンを置いた。首をごきごきと回し、両手を上にあげる。気が付けば雨の音も止《や》んでいた。

多聞は障子を開けた。

「ほう、いい月が出ている」

行灯の火を消しても月灯りが部屋の中を照らしてくれた。

「観《み》てみろ、狐。きれいな月だ」

　多聞は狐に呼びかけた。尾に鼻先をつっこんでいた狐はその言葉がわかったのか、長い首をあげた。

「ああ、悪い、そこじゃ見えないな」

　多聞はざるを障子のそばまで移動させた。

「ほら」

　狐と並んで座った多聞は、丸く大きな月を見上げた。

「今日は十五夜だったか」

　狐に目線を向けると、白い狐の毛皮が青白く光っていた。毛の一本一本に月光が滴となって宿っているようだった。

「……きれいだな」

　多聞は狐を見て呟いた。

「昔父上が飼ってた犬も真っ白できれいだった。そいつは白《シロ》と呼ばれていたな」

　久しぶりに父親のことを思い出した。こんな見事な月の夜には、父のあぐらの中に座って一緒に月を見上げていた。そのとき、白い犬もそばにいた。

「患者と言っても名がないと不便だ。おまえの名は白じゃなくて青《アオ》にしよう。青い月の光の青だ」

　狐は金色の目を向けた。不満そうじゃない、というのは自分の心の勝手な思いか。

「青」

そう呼ぶと、声を出さずに口を開ける。笑っているように見えた。

狐はそれから昼は診療室、夜は多聞の自室にいるようになった。

まだ動くことはできないが、多聞を見ると顔をあげ、耳をぴくぴくと動かしたり、鼻を鳴らしたりした。「青」と呼ぶと、大きな尻尾を持ち上げ、振ってみせたりもする。そういうところは犬にも似ていた。

「こいつめ、かわいいやつだ」

多聞は両手で狐の顔をわしゃわしゃ撫でまわし、頬をひっぱったりした。

「伸びる伸びる」

狐はいやがって顔を振り、多聞の胸を前足で突いたりする。

排泄《はいせつ》はぼろ布の上で行うので、多聞はそれをせっせと洗濯した。尿の匂いはかなりきつく、三回くらいで捨てなければならなくなる。狐も悪いと思っているのか、回数は少なかった。

「遠慮するな」

多聞は狐の額をこづく。狐はくん、と鼻を鳴らした。

食事は魚やネズミを与える。生き餌ではないのであまり食欲はわかないようだった。

「食べないと、治らないぞ、ほら」

鼻先に魚を突きつけると、ようやく口にするが、食べるとふてくされた様子で鼻を尾につっこんで眠ってしまう。

試しに米の飯を与えてみるとこれをよく食べた。

「ほう、狐は犬と同じ雑食なんだな」

多聞はきれいに舐《な》め取られた皿を見て言った。狐がようやく起きあがって自力で用を足すようになった頃、朝っぱらから友人に怪我人を診てほしいと呼ばれた。自身番に行くとさらしで不格好にぐるぐる巻かれた男が寝かされている。

「これは――どうしたんだ、厚仁《こうじん》」

患者のそばで黒羽織の同心が腕を組んでむずかしい顔をしている。身長は多聞の耳くらいの高さだが、それは多聞の上背がありすぎるからだ。

浅黒い肌にくっきりとした二重でどこか異人めいた精悍《せいかん》な容貌をしている。

黙っていれば女受けしそうなのだが、どうにも口が悪く、しかも余計な一言で人を怒らせる名人が、板橋厚仁だった。名前の読みはアツヒトだが、多聞は昔からコウジンと呼んでいた。

患者は太一《たいち》と言って日本橋近くで店を持っているかんざしの細工師だと、厚仁は説明した。年輩の細工師は背中や顔、腕にまで切り傷を負っている。

「昨日の夜、八ツ頃に大川のほとりで襲われたそうだ。気絶してたのを今朝がた通りかかったものが運びこんだ。当番のものがとりあえずの手当てをしている。ちょっと診てやってくれ」

「わかった」

多聞は道具箱を開き、さらしや薬を取り出した。細工師、太一の体に巻かれた布を解いてみると、ほぼ傷がふさがっている。

「手当てをしたものは手際がよかったようだな。たいしたことはなさそうだ」

「そうか、よかったな、じいさん。三途《さんず》の川《かわ》はまだ渡らなくてよさそうだぜ」

厚仁が言うと太一はぺこぺこと頭を下げた。武家である厚仁の言葉が町人並みに荒いのは、使っている岡《おか》っ引《ぴ》きたちに舐められないように、という気持ちからだったが、今では武家言葉を使うほうが難しいくらい身に沁《し》みついている。

「へえ、ほんとに助かりました、ありがとうございます」

「誰に襲われたのですか？」

多聞はさらしを巻き直しながら聞いた。

「よくわからないんでさあ。夜道を歩いていたら急に斬りつけられて」

厚仁を見上げると無言でうなずいている。もう話は聞いていたのだろう。

「物取りだった?」

「金や商売道具は奪われておりませんでした」

太一は首を振って答えた。

「その代わり、頼まれていたかんざしをめちゃくちゃにされてしまいやした」

太一が指さした商売道具も、かなり傷つけられている。厚仁が開けると、中には折れたかんざしが何本か入っていた。高級そうなびらびらかんざしばかりだ。

「これはひどい」

多聞は同情した。盗んでいくならまだしも、できたばかりの商売物をこんなにされては悔しくてならないだろう。

「みどり屋さんに納めにいくところだったんですよ」

太一が残念そうに言ったみどり屋という店は多聞も知っていた。女性に人気の小間物屋で、志ノ梅師匠も、母親も、ここの紅やおしろいを愛用している。

多聞は話を聞きながら、太一の体につけられた傷について考えていた。この傷痕は最近見たことがある……。

「多聞、傷についてどう見る?」

厚仁が体を寄せて聞いてきた。多聞はうん、とうなずいて、

「実は同じ傷を負ったものを知っている」

と、答えた。

「なに？　どこの誰だ？」

「狐だ」

「ええ？」

多聞は川に倒れていた狐の話をした。

「なんだ、畜生か」

厚仁はあからさまにがっかりした顔をする。

「だが同じ傷だ。俺は鎌で切られたのではないかと思っている」

「鎌か。確かに刀ではなさそうだな」

「場所も同じ大川沿いだしな。もしかしたら狐で試してそれから人を狙ったのかもしれん」

多聞の言葉に厚仁は十手でコツコツと自分の額をつついた。

「用意周到だな――その狐はどうしたのだ」

「今うちにいる」

厚仁はあきれた顔で友人を見た。

「物好きだなあ、狐なんぞを助けて」

「傷ついているものがいて、助けてやれる腕があるなら救うさ」

「おめぇはお人好《ひとよ》しだよ。母君が嫌がるんじゃねえのか」

厚仁は多聞の母親の気性もよく知っている。少年の頃、多聞と一緒にはめを外すときつく叱られたことがあるからだ。

「子供のころの話をむしかえされた」

厚仁はげらげら笑って多聞の背中を叩《たた》いた。


多聞は昼前に家に戻って狐のさらしを取り替えた。傷口はもうほとんどふさがり、薄赤い肉が盛り上がっている。触れると身をすくめるのでまた痛みがあるらしい。

「食って寝ていれば治るからな」

多聞は帰りに買ってきたしょうゆせんべいを狐にやってみた。狐はうれしそうに固いせんべいをバリバリと食う。

「うまいか？　芝政のせんべいだぞ、いいだろう」

多聞は甘醤油《あまじょうゆ》せんべいを食う。優しい甘さを味わいながら狐の頭を撫でていると、心が穏やかになる。

狐はざるから出て部屋の中を歩き回るようになったが、多聞がざるを指さすと大人しくそこに入った。「おすわり」もわかるし、布を噛《か》んでいたずらをしているとき、多聞に「待て」と言われると口を離す。

診療を受けにくるものたちに悪さをすることもなく、「よく馴《な》れている」と感心された。

しばらくしてまた厚仁に呼ばれた。今度は夜中だ。駆けつけると泥だらけの若い娘が番屋にかつぎ込まれていた。

「多聞、また大川で襲われた」

厚仁は苦い顔をしていた。

娘の名は美晴《みはる》。泥だらけなのは土手から転がり落ちたせいだという。彼女は髪を髻《もとどり》から切られ、禿《かむろ》のようになっていた。

美晴の怪我は擦り傷程度だったが、髪を切られたほうの動揺が大きく、ずっと泣きどおしだった。袂《たもと》もばっさり切られており、その切り口は前の細工師と同じだと多聞は判断した。

今度も目撃者はなく、美晴も相手を見ていないという。夜道で急に背後から襲われ、恐ろしくて目を閉じていたそうだ。

「なにか奪われたか？」

厚仁が聞いてみたが美晴は「髪を、髪を」と泣くばかりで要領を得なかった。

「髪にはもしかしてかんざしを挿していませんでしたか」

多聞が思いついて尋ねた。前に襲われた男はかんざしの細工師だったからだ。

その言葉に美晴は真っ赤に泣きはらした目をあげて、あわてた様子で頭に手をやった。短く切られた髪に触れ、いっそう大きな声で泣き出す。

「かんざしを、十五の祝いにみどり屋で買ってもらったかんざしを――！」

髪を切ったものは髪ごとかんざしを持って行ったのだ。

「まさか狙いはかんざしだっていうのか？」

厚仁が多聞に耳打ちする。多聞は首を横に振った。まだ証拠はなにもないのだ。

狐はすっかり元気になり、多聞が剃《そ》った背中の毛も短いが生えてきた。

「そろそろおまえを野に帰さねばならないな」

そうは思うが、手に甘えて顔をすりつけてくる様子を見るとかわいくなる。

庭で駆け回っていても多聞が「青」と呼ぶと戻ってきた。舌を出してはあはあ見上げてくる顔を両手でつかんで伸ばしてやる。狐はかんだかい声で笑った。

昼の診療中は庭で跳ね回り、夜は多聞が洋書を写している間おとなしく後ろに寝そべっている。

言葉がわかるのかと思うほど賢く、まるで忠犬のようだった。

「先生は狐を嫁にもらったんですかい」

なじみの長屋の人間にそんなふうにからかわれる。

「あいつはオスだよ」

多聞はまじめに答えてまた笑われていた。

何度も野に帰そうと外へ連れ出したが、狐は散歩のつもりなのか、多聞の前や後ろを楽しそうに跳ねて、結局一緒に家に戻ってしまう。そんなときの母親が多聞を見る目は厳しい。

狐が庭で穴を掘ったり、石灯籠に小便をかけて臭くしてしまったりしたときは、くどくどと半刻ほども説教されてしまった。

それでも多聞は狐の掘った穴を埋め戻すことも、石灯籠を洗うことも、苦にならなかった。

包丁をうっかり落として足の甲に突き刺してしまった、という男を治療しているときだった。自身番の番人が多聞を呼びにきた。

「すみません、先生。また……」

「大川の件か？」

番人はうなずいた。診療所には風邪をひいたものや腹痛を訴えるものが待っている。

多聞は患者たちに一刻ほどしたらもう一度来てくれと診療を中断した。

庭で一心に穴を掘っていた狐は、多聞が立ち上がると縁側の方に駆けてきた。

「散歩にいくわけじゃないよ、お勤めだ」

頭を撫でてやると狐は目を細める。

「また大川の犠牲者が出た。厚仁のところへ行ってくるから大人しくしているのだぞ」

頭から顔の横を通って顎の下をかいてやると、狐はきゃきゃきゃきゃ、と子供のような笑い声をあげる。

「多聞、出かけるのですか」

気配も感じさせずに母親が背後に立っていた。ぎょっとしたがそれを表情に表さず、

「厚仁に呼ばれましたので」と答える。

「帰りに時間があったらみどり屋で白粉《おしろい》を買ってきてもらえますか」

「ええ、大丈夫だと思いますよ」

「白梅乃香《シラウメノカ》という名前の白粉です、頼みます」

「はい」

白粉にも名前があるのだな、と変なところで感心する。

「ではな」

多聞は狐の頭を撫でると、待っていた番人と一緒に診療所をあとにした。

狐は多聞が出て行くと、庭の一番日当たりのいい場所で丸くなった。あくびをひとつして顔を伏せる。

その耳がぴくりと立った。狐の前に申し訳なさそうな顔をした源治郎が袋を持って立っている。その背後、廊下では多紀が怖い顔で狐を睨みつけていた。

二

自身番へ行くのかと思ったら、番人が案内したのは一軒の飯家だった。看板には天《てん》久《きゅう》屋《や》と掲げられている。

店の中を通って奥へ進み、座敷に通される。襖《ふすま》を開けると娘と厚仁が座っていた。娘は薄手の寝間着を着てうつむいている。

「おお、来てくれたか」

険しい顔をしていた厚仁がこちらを向いた。

「また大川で襲われた。傷を診てやってもらえないか？　たぶん、同じものだと思う」

多聞は娘の前に腰を下ろした。

「どこを切られたんですか」

娘は初めて顔をあげた。十七、八の美しい娘だ。一流の人形師が筆をとったようにくっきりとした切れ長の瞳に南天《なんてん》のように小さな紅い唇をしている。

「……背中です」

娘は小さな声で答えた。

「見せてもらえますか？」

娘はちらりと同心に目をやった。肌を若い男に見られるのはいやだろう。多聞は手を振って厚仁を部屋から出した。

娘はそれでもまだためらっていた。多聞のことは医者だとわかっているが、やはり恥ずかしさが先に立つらしい。

「背中しか見ませんよ、大丈夫です」

多聞が穏やかに声をかけると、ようやく着物を肩からするりと落とした。背中にさらしが分厚く巻かれている。

布を丁寧にはずして多聞は傷を診た。肩甲骨の下から腰の上まで真一文字に切られている。筋が切れていなかったのが奇跡だ。しかし若い娘にこの傷はむごすぎる。傷口から今まで狐を含めて三件治療したものと同じだと、多聞は判断した。

ややあって厚仁と娘の親らしい男女が襖を開けて顔を出した。

「多聞、どうだ」

「同じものだと思う」

両親は多聞ににじり寄った。

「いかがでしょう、娘の背中は、お弓《ゆみ》の傷は治りますか」

「痕は、痕は残るんでしょうか」

すがらんばかりの様子に、多聞はできるだけ感情を抑えながら伝えた。

「若い方ですから傷痕も薄くはなるでしょう。しかし、完璧に消えるとは申せませせん」

その返事に母親はわっと泣き伏した。父は目を閉じて膝の上でこぶしを握る。娘、お弓はわなわなと唇を震わせた。

「蘭法のお医者さまでも……だめですか」

娘の口から出たとは思えない低い声だった。

「あたしはこの傷を背負って生きていかなきゃいけないんですか」

「腕や足を切り落とされたわけじゃねえ。そんなに気を落とすな」

厚仁が乱暴な慰め方をする。それにお弓は涙をにじませたきつい目を向けた。

「こんな傷ものの体じゃ嫁にいけないじゃないですか！　それとも同心さんがもらっ

てくれるんですか！」

「お、お弓」

叫び出した娘に両親はあわてて飛びついた。

「おやめ、お弓」

「同心の旦那になんて口のききようだ」

「だって！」

お弓は身をよじってさけんだ。

「女の傷をなんでもないことのように言うんだもの！　あたしは夫になる人にこれを見せなきゃいけないんですよ！」

お弓は畳の上に身を伏せると激しく泣き出した。

今のはおまえが悪い、と多聞は厚仁を睨む。

厚仁はそっぽを向いたが、垂らした手の指が握られたり開かれたりする。困ったときの昔からのくせだ。女が泣くと厚仁はどうすればいいのかわからなくなるのだ。

「お弓さん」

多聞は泣き続ける娘にそっと声をかけた。

「今はいい薬もある。私が必ず薬を手に入れます。希望を持って治療しましょう」

「お弓、先生もああ言ってくださっているから」

「しっかりおし。きっと治るよ」

両親が交互に話しかける。だがお弓の背はそんな優しさをきっぱり拒絶するかのように、かたくなに丸まっていた。

お弓を自室に戻した後、多聞と厚仁は両親に話を聞いた。

「お弓さんが一人で大川に行ったのはどういうわけだったんですか」

「一人じゃないんですよ、お友達のお紋《もん》ちゃんと一緒だったんです」

「二人だから大丈夫だと思ってたっていうんですよ」

父と母が交互に言う。

「お紋？　その娘は無事だったんですか」

「ええ、傷のひとつもなかったそうです」

父親はどこか悔しそうに言った。

「なんだってうちのお弓だけが……」

呪いの言葉になりそうだったので、多聞はその続きを遮った。

「ところでお弓さんは大川に行ったとき、かんざしを挿していませんでしたか？」

「かんざし？」

父親は妻の顔を見る。さすがに男親は娘の頭のことまで覚えてはいないらしい。代わりに母親がうなずいた。

「はい、お気に入りを挿していましたよ。みどり屋で誂《あつら》えた特注のものです」

「そのかんざしは？」

「そういえば……見ておりません」

母親がはっとした顔になる。

「襲われたとき、落としてきたんでしょうか」

「大川に人をやって捜させましょう」

実は前に髪を切られた娘のときも、厚仁は現場を捜させている。そこでは髪の毛と一緒にばらばらに壊されたかんざしが見つかっていた。


多聞と厚仁は次にお弓と一緒だったというお紋の家へ行った。

お紋の家は足袋屋を営んでいる。同心の厚仁が姿を見せると、店主である父親は心得て店の奥に通した。

しばらく待つとお紋が入ってきた。お弓に比べるとおおざっぱな出来の顔だったが、丸い目に愛嬌《あいきょう》のある娘だ。

「お弓ちゃんのことでいらっしゃったんですか」

厚仁が問う前にお紋が切り口上で言った。

「あたしは関係ないから。危ないって言ったのに大川を通って帰ろうって言ったのはお弓ちゃんだから！」

「これ、お紋」

一緒についてきた母親が驚いて娘を止める。

「やめなさい、なんて言い方だい。お弓ちゃんがかわいそうじゃないか」

「お弓ちゃんのおとっつぁんにあたしがなんて言われたと思うの!?　なんでおまえは無事なんだ、おまえなんか傷ついたって変わりはないのにって言ったのよ！」

それはひどい、と多聞は胸がふさがれる思いだった。

「お弓ちゃんがあんなことになってあたしだって怖くて悲しいのに！　あたしがお弓ちゃんをかわいそうって思わないわけないじゃない！　あたしたち友達なのよ！」

お紋は涙をにじませて怒鳴る。

「天久屋さんは、あたしが不細工だからどこに傷がついたっていいって言ったのよ！」

お紋の憤りに厚仁は十手をくるくると回して慰めようとした。

「お紋さん、人はとんでもねえ目に遭うと、とんでもねえことを言っちまうもんなんだ。天久屋さんも怒りと悲しみでうっかり口を滑らせたんだよ」

「口を滑らせた!?　なら前からそう思ってたってことなんだわ！」

お紋の怒りは収まらない。多聞はため息をついて厚仁を見た。どうもこの友人は余計なことを言ってしまうようだ。

「お紋さん、お弓さんが襲われたとき、あなたはなにか見ませんでしたか」

多聞はやや身を乗り出して聞いた。お紋は厚仁を睨んでいた目を多聞に向ける。その目はいまだ攻撃的な色を含んでいた。

「知りません。あたしだって怖くて目を閉じていたんだもの」

「今まで襲われた人はみんな一人きりだったんだよ。今回はおめえがいる。なんでもいい。なにか聞いたり、感じたりしたことを教えてくれ」

厚仁も言った。三件目の事件で彼も必死だ。しかし、お紋はさきほど言われたことをまだ根に持っているのか唇をとがらせたままだった。

「そんなこと言われても」

「襲ったものはどこから現れたか覚えていませんか?」

多聞が思いついて聞いた。それにお紋は首をかしげる。

「どこから?」

少し考える顔になった。

「どこって、あたしたち薬研堀から吉川町へ向かって歩いてて……」

「その方向なら川が右手ですね。下手人は右から来ましたか、左から来ましたか」

お紋は両手を胸の前にあげて、右、左と呟いた。

「そうだわ、右からよ。川の方から飛んできたわ」

「飛んできた？」

「そう、ぴょーんと」

お紋はそう言うと口を押さえ、男たちを見上げた。

「今、あたしがバカなこと言ってるって思ったでしょう」

「いやいや」

厚仁があわてた様子で首を振る。初めての目撃者だ。多少奇天烈《きてれつ》なことを言ったとしても証言をとらなくてはならないと思ったらしい。

「おめえが感じたままでいいぜ、もっと話してくれ」

そう言われてお紋は鼻から息を吹き出すと、座り直した。

「暗かったし突然だったからよくわからなかったけど、とにかく飛んできていきなりお弓ちゃんにぶつかったの」

お紋は左手に右手をパチンと合わせた。

「それですぐにお弓ちゃんがすごい悲鳴をあげて、あたしびっくりして尻餅をついたのよ。そしたらそいつ、ぐうっと伸び上がってお弓ちゃんの頭に嚙みついたの」

「か、嚙みついたァ？」

予想と違う動きを聞いて、厚仁が声をあげる。

「そう見えたの。それに離れたとき、かんざしを口に咥《くわ》えていたから」

「なに？　じゃあおまえはそいつの顔を見たのか？」

だがお紋は首を横に振った。

「暗くてちゃんとは。でも咥えているのは見たわ」

「手を使わなかったってことか？」

多聞は首をひねった。かんざしを手に入れるのが目的としても口で奪うなど獣のようではないか。

「ええ、手は使えなかったはずよ」

お紋はなんでもないことのように言う。

「そいつ、両手に鎌を持っていたもの」

「鎌を？」

傷から凶器は鎌だと思っていたが目撃されたのは初めてだ。

「こんなふうな」お紋は手を弓のように曲げた。「大きな鎌を両手に持ってたから手が使えなかったんじゃないかしら」

「ずいぶん大きな鎌だな」

よく使われるのは七尺の草刈り鎌だが、お紋が言う大きさだと十尺はありそうだ。

「お弓はそれでかんざしを奪われた……おめえはかんざしを挿していなかったのか？」

厚仁はお紋の頭を見た。今のお紋の髪には赤い漆玉のかんざしが挿さっている。それに手をやりお紋はふてくされた様子で言った。

「このかんざしを挿していたわ。でも、そいつはあたしのかんざしには目もくれずそのまま消えたの。どうせあたしのかんざしなんて価値がないのよ。お弓ちゃんのかんざしはみどり屋の高いものだったし」

お弓の母親に聞いたがお弓のかんざしはさほど高価なものではなかったという。お弓とお紋のかんざしの違いはなんだろう？　ほんとうはかんざしではなく、お弓本人が目当てだったのだろうか？

多聞は懐で腕を組んで考えた。

「それから」

お紋は重大なことを言うように声をひそめた。

「下手人は女よ」

「え？」

「体つきがそうだったもの。腰が細くて、たぶん襦袢《じゅばん》みたいな薄物を着てた。絶対そうよ」

「どう思う？」

厚仁が聞いてきて多聞はうなった。

「女が下手人とは思わなかったな」

「だが女ならかんざし好きだろう？　奪ってもおかしくない」

「お紋さんのかんざしは奪われていないし、今までのは壊されているぞ」

「それなんだよなあ」

厚仁は両手を青空に向けて伸ばした。うんと背伸びをしても多聞との身長さは埋まらない。

「下手人の目的がわかんねえな」

多聞はちょっと屈《かが》んで厚仁と目を合わせ、顔の前に片手を立てた。

「厚仁、すまんがみどり屋へつきあってくれないか？」

「みどり屋？」

「母上がみどり屋の白粉を買ってきてほしいと言うのだ。だが男一人で入るのはちょっと敷居が高い」

情けない顔をする多聞に厚仁がからりと笑う。

「いいとも。みどり屋というのはお弓がかんざしを誂えた店だな」

「そう、それにかんざしの細工師がみどり屋に納めに行くと言っていたじゃないか」

それを聞いて厚仁は勢いよく自分の額を叩く。

「ああ、そうだったな」

みどり屋に行くと若い女性たちで店はいっぱいだった。多聞のように大きな男や、厚仁のような黒羽織の同心が入っていくと、あからさまに避けられる。

「いらっしゃいませ……贈り物ですか」

店の番頭が揉《も》み手《で》をしながら近寄ってくる。板に顔をぶつけたようなひらべったい顔をしていた。それに「ああ、うむ」と曖昧な返事をして多聞は店の中を見まわした。

「おい、多聞。早くしろ」

厚仁も居心地の悪さを感じてか、多聞をせっつく。

「待てよ。ええっと、白梅乃香……白梅乃香……これか」

茶色の紙袋に流麗な文字で名が入っている白粉を手に取る。そばにかんざしもいくつか置いてあった。

多聞はそれをひとつ取り上げた。

「かんざしか？　どうするのだ」

「いや、怪我をしたお弓さんに……見舞いとして渡すのはお門違いだろうか？　かんざしも奪われたというし」

「ああ、あの傷は気の毒だものな。いいんじゃないのか？」

厚仁は急ににやにやした。

「なんだ、多聞。あの娘に惚《ほ》れたのか」

「そういうわけではないが……奪われたものの大きさを考えると、な」

「ああ、そうだ」

かんざしを見ていた厚仁が急に大声を出した。

「かんざしを狙っているって言うなら、それを囮《おとり》に使えねえかな。頭にかんざしいっぱいつけて大川をうろうろする」

「だれが」

「俺だが」

多聞は厚仁の月代頭《さかやきあたま》を見た。

「その頭にどうやって挿すんだ」

「うーん」

厚仁はかんざしをひょいと自分の髷《まげ》に挿した。

「どうだ」

「バカか」

周りの女たちがくすくすと笑っている。


多聞が家に戻ると、いつもならすぐに駆けてくる青狐の姿がない。

診療室にも自室にも庭にもいなかった。

「青、青」

「おかえり、多聞」

母親が奥から出てきた。

「そんな大声をあげて。子供ですか」

「母上、青は……狐を知りませんか」

「知りませんよ、逃げたんじゃないんですか？　それより白粉はどうしました」

多聞は母親の手に白粉の袋を渡した。

「源じいは？」

「四谷まで使いに行ってもらってます。それより患者さんがお待ちですよ」

「はい……」

青が黙っていなくなる？　多聞にはとても信じられなかった。あんなに懐いていたのに、いつも俺の帰りを待って、飛びついてきたのに。

「それはもちろん野の獣だから『お世話になりました』と挨拶して出て行くはずはないのだが……」

あまりにも突然すぎる。

とても腑に落ちるものではなく、多聞は診察の間も庭を見たり、廊下に顔を出したりしていた。どうにも気が入らず、患者の脈を見るために手をとったままぼうっとしたりもした。

いやな予感はずっとしていたが母親を問いただすこともできず、源治郎が帰るのを待つしかなかった。

午後いっぱい診療をし、夕暮れ空にカラスが鳴いてねぐらに帰る頃、訪ねてきたものがいた。頭に手ぬぐいをかぶり、背中に箱をしょっている。どこの職人かと思ったら変装した厚仁だった。

「なんだ、その格好は」

「かんざし職人に見えないか？　太一の家に行って仕事道具を借りてきたんだ。中身はありあわせのかんざしだが」

「ありあわせ？」

「母上から借りた」

多聞は厚仁の姿を上から下まで見て、

「まあ、自分でかんざしを挿そうとするよりましだな」と答えた。

「これでちょっと大川をぶらついてみる」

「危険じゃないのか？」

「小者にあとをつけさせる。大丈夫だろう」

そう言って厚仁は出て行った。

日もすっかり暮れて多聞が夕餉をとった頃、源治郎が足音を忍ばせて自室へやってきた。

「おお、源じい、聞きたいことがあるんだが」

源治郎の出かけた四谷には母方の縁戚が住んでいる。年寄りの足ではきつかっただろう。

「へえ……あの、狐のことですよね」

源治郎は奥を気にしながら声をひそめた。

「そうだ、青がいないんだ。なにか知っているか？」

源治郎は悲しげな顔になって頭をさげた。

「申し訳ありません、若旦那さま……」

三

多聞は夜の中を走っていた。まっすぐ西に走ればすぐに大川にぶつかる。橙色《だいだいいろ》の大きな月が、大川の波の上に滴を流したように映っている。

「青、青」

多聞は土手の上で狐の名を呼んだ。

源治郎が教えてくれた。今日、多聞が出かけたあと、多紀に命じられて狐を捕らえ大川に捨てたのだと。そのあと四谷へ使いを頼まれたので、多聞に伝えることができなかったという。

「奥様の命で狐が戻らないように縄でつないできました」

あの狐は大川でなにものかに襲われたのだ。おそらくかんざしを狙っているものに。再び切りつけられないとは限らない。

多聞は源治郎を叱らなかった。母の言いつけに従っただけなのだ。自分がもっと早く狐を野に放していればよかったのに、かわいさから手元に置いていたせいだ。

「青、青」

呼んでいると「おーい」と声が応えた。

「どうしたんだ、多聞」

かんざし職人に化けた厚仁が提灯を振りながらやってきた。

「厚仁」

「いやあ、今日はからぶりだったよ。それともばれたかな」

厚仁は道具箱を叩いて笑った。供の小者も笑っている。

「厚仁、狐を見なかったか？」

多聞は息をきらしながら言った。

「首に縄をつけられて木の杭《くい》につながれているらしいんだ」

「狐？　おまえが面倒をみてたやつか？」

「そうだ」

「なんでそんな……ああ、」

厚仁は言葉を呑み込んだ。多聞の母の多紀がきついことはよく知っている。

「見てないな、おまえは？」

厚仁は小者にも聞いたが、彼もまた首を横に振った。

「そうか、では」

多聞は走りだした。「おーい」と厚仁の声がする。

「明日にしろ、こんな暗くてはわからんぞ」

だが多聞は駆けるのをやめなかった。狐が鎌で切られることを考えるとじっとしてなどいられない。

「青、青——」

呼びながら走っていくと、どこかで小さく「キュー」と鳴く声が聞こえた。足を止めて真っ暗な土手下を覗《のぞ》く。

「青、そこにいるのか」

「ケン！」

はっきりと声が聞こえた。多聞は迷わず草の坂を滑り降りる。夜露で着物の裾が濡れたがかまっていられなかった。

「青！」

暗闇に金色の瞳が二つ、光っているのが見えた。月光を反射しているのか、青白い毛が体を縁取っている。

多聞は青の体を抱き寄せ、首に結ばれている縄を手に取った。引っ張ると手応えはない。指で探《さぐ》ると嚙み切られているのがわかった。

「青、自分で切ったんだな。よかった」

多聞は青の長い鼻面を撫で、頭を通って背中まで撫でた。青が身をすり寄せて大きな尾を多聞の体に回す。

「すまなかった。怖い思いをさせたな」

なんでもないよ、と言うように狐が口を開けて笑う。

「だが、やはりおまえはうちにいてはだめだ。野に帰れ。……別れを言うことができてよかった」

狐は首をかしげて多聞を見上げる。金色の目がますます輝く。

「俺も寂しいが、野の生き物をとめ置くのは摂理に反する。それに……母上に酷《ひど》いことをさせたくないのだ。わかってくれ」

多聞は青狐の頭を撫で、額を押し当てた。

「大川は危険だ。これから俺と隅田川の方まで行こう……」

そう言ったとき、背後の水面でなにかが跳ねた。魚か、と思わず振り向くと、夜の空の中に、月をさえぎってなにかが飛び上がっていた。

「うわあっ！」

多聞は青を抱いたまま草の中に転がった。顔のすぐそばでザクリと鎌の刺さる音がする。

多聞は目を見開き、自分の真上にいる襲撃者の顔を見た。月を背にしているのでその顔は真っ黒だったが、細い腰、振り乱した髷、月の光にぬらぬらと濡れた体には薄い襦袢がまとわりついているのがわかる。

確かにお紋の言ったように女だった。

女は多聞の顔の横に刺した鎌をざくりと引き抜くと、一気に後ろに跳ねた。

「ぴょーんと飛んできた」とお紋は言った。それも事実だったのだ。女が、いや、人があんな風に飛べるものだろうか？

多聞の脳裏に以前見たムジナが浮かんだ。

（まさか）

「青、逃げろ」

多聞は背後の狐を後ろ手に押しやろうとして、その感触にぎょっとした。柔らかな狐の毛皮ではない、布のようだった。

「しょうのないお人だ」

不意に耳元に息を吹きかけられた。驚いて振り向くとそこにいたのは狐ではなく、あの薬売りの男だった。

「な……っ、おまえ、なぜ!?」

多聞が触れていたのは彼の肩あたりだった。編み笠はなく、白い美貌がすぐ目の前にある。

「どうも」

薬売りはすっと目を細め、楽し気に笑った。その顔に一瞬見惚《みほ》れ、しかし多聞は断ち切るように首を振った。

「おまえ――っ、あ、青は？　青はどこだ」

「前、来ますぜ」

「――！」

はっと顔を戻すと女が月の中に飛び上がっていた。両手の鎌が月光に光る。

多聞と薬売りは互いに反対方向に逃げた。女は着地すると躊躇《ちゅうちょ》なく多聞に向かう。

「くそっ」

多聞は草の中で振り向き小太刀を腰から抜きはなった。

女が多聞の前に立ち、鎌を持つ両手を振り上げた。その姿に違和感を覚える。

(なんだ、なにがおかしい)

鎌には柄がついているはずだがそれらしきものが見えなかった。

まるで直接鎌の刃を握っているような。

まるで手から鎌の刃が生えているような。

そう思って見ると、まさしくその通りの姿だった。襦袢から出ている女の腕の先が鈍く光る鎌になっている。それどころか、はだけた襦袢の裾から見える足は、大きく膨れ上がり湾曲した、虫の足だった。

「蟷螂《かまきり》――!」

女が飛んで襲いかかってきた。振り下ろされる鎌を小太刀で受け止める。ガキンと耳をつんざく金属音がして、小太刀の先が折れてしまった。

「そんな……っ!」

確かに十五の年に父にもらって以来使っていない刀だった。しかしそんなナマクラであるはずがない。

「ア、ア、ア……」

女が口を開けて声を出した。嗤《わら》っているのだとわかった。

再び鎌が振り上げられる。唯一の武器がなくなり足がすくみあがったか、動けなくなる。

その多聞の前に白い髪が翻った。薬売りが飛び出したのだ。

振り下ろされた鎌を片方、右腕で受け止める。ガチンッと金属的な音がして、袖の下になにか仕込んでいることが知れた。だが、もう片方の鎌は薬売りの左の肩に食い込んでいった。

「おまえ……っ」

多聞は薬売りの白い羽織の背中に叫んだ。

薬売りは鎌をはねのけると右手で女の顔を遠慮なしに殴りつけた。女の体が離れ、その開いた胴体に勢いよく回転させた足を蹴り入れる。

さすがに女もよろけて膝をついた。

「おいっ！　無事か」

多聞は叫んだ。鎌がえぐった薬売りの左肩が月の光の下で真っ黒に濡れているのが見える。

「……あんた、なにを持ってる」

薬売りが背中で言った。

「な、なにって？」

「あいつはあんただけを狙っている。あんたはあいつを引きつけるなにかを持っているんじゃないのか」

「なにか……なにかって、別に」

多聞はばたばたと着物の前を両手で叩いた。そこに軽い刺激があった。

「かんざしか……っ！」

多聞は叫んで懐からかんざしを取り出した。みどり屋で買ったものだ。

「寄越《よこ》せ！」

薬売りは多聞の手から紙にくるまれたままのかんざしをとりあげた。

「こいつか？」

かんざしを高くかかげると女の顔が動いた。右に、左にと動かすたびに鎌が揺れる。

「欲しいならやる」

薬売りはかんざしを大川に向けて力いっぱいに投げた。

「まつ……たろう……さぁあああん……」

女は声をあげながらかんざしを追って飛び上がる。

多聞は頭を覆ってしゃがみこんだ。その上を女が弧を描いて越え、大川に飛び込む。

どぼん、と大きな音がしたあとは静かになった。

「……あれは」

多聞は薬売りを振り向いた。薬売りはじっと昏《くら》い水面に広がる波紋を見つめている。

「あれはこの間のムジナのようなものとは違う」

薬売りは昏い水に向かって呟いた。

「綾《あや》を解かねば倒せない」

「綾？」

多聞はようよう立ち上がり、薬売りに近づこうとした。それより先に薬売りが多聞を振り返る。今気づいたが白い頬に肩からの血が散っている。

「あの化け物――女に絡んだ綾を解く」

「綾とは、なんだ」

薬売りは疲れた顔でぐらぐらと体を揺らして多聞の方に一歩寄った。

「手伝っちゃ……もらえませんか」

「なぜ、俺が」

とまどう多聞に薬売りはにやりと笑った。だが、その顔は死人のように青ざめている。

「お節介は得意でしょう?」

掠《かす》れた声でそう言うとゆっくりと倒れてきた。多聞があわててその体を抱き留めると、腕の中には青銀に輝く毛並みの狐が血塗れで倒れていた。


多聞は狐を抱きかかえ、家に帰った。母親が奥から出てくる前に急いで自室に入る。

狐の怪我は、薬売りが受けたのと同じ左肩だった。傷あとは前の背中と同じ。やはりあの化け物に襲われたのだろう。

多聞は狐の治療をした。ざるに寝かせ、自分の羽織でくるんでやる。狐は目を固く閉じ、目覚めなかった。

「青……」

多聞は苦しげな呼吸をする狐の頭をそっと撫でた。無意識にか、狐も頭を寄せてくる。

薬売りが狐になった。信じられないことだが、これは自分の目で見たのだから事実だ。

蟷螂のような女の化け物も、悪夢のようだがいなくなったあと土手の草が倒れて乱れていたから事実だ。

薬売りが言った綾を解かねば倒せないという言葉の意味はわからないが、倒し方はあるということだ。

すべてが現実、自分が知らないだけでこんな世界が闇の中にあった。

「うむ……」

酒を呑みたいと思った。酔ってしまった方がこの世界を受け入れやすいのではないか――。

多聞は台所に立った。少し前に買った酒がまだ徳利《とつくり》に残っている。それと湯飲みを取り上げ、ちょっと考えて買い置きの野菜を漁《あさ》った。

長崎に留学していたときは一人暮らしだった。最初は外で食べていたが、金が心もとなくなり、結果自炊することが多くなった。江戸に戻ってからは母親の作ったもので満足していたが、ちょっとしたつまみくらいなら自分で作る。

多聞はかまどの種火を熾《おこ》して火をつけ、水を入れた土鍋をかけた。

青菜と油揚げを見つけたのでそれを細切りにし、酒と醬油《しょうゆ》と砂糖でさっと煮る。

「なにをしているのです」

どきりとした。母親が幽霊のように立っている。

「物音がすると思ったらこそこそとなにを作っているのですか」

「少々小腹がすきましたので……」

多聞は母から目をそらし、水につけてあった豆腐を手に取った。

「夜中に出て行ったと思ったら帰りの挨拶もなしで」

「母上はもうお休みかと」

多紀は黙り込んだ。おそらく息子がどこへ行っていたかわかっているのだろう。狐のことを聞かれたくないと多聞は念じた。聞かれれば答えなければならない。母親に嘘はつきたくない。

多聞は豆腐をすり鉢で軽くすり、そこにゴマをまぜ、さらにすった。ゴマの香りがたちのぼる。

母親はなにも言わずに姿を消した。かたくなに振り向かない息子になにか感じ取ったのかもしれない。

ようやく振り向いて姿がないことを確認し、ほっと息をつく。煮た油揚げや青菜の上にすった豆腐をかければ青菜と油揚げの白和《しらあ》えの完成だ。

多聞はかまどの火の始末をすると、小鉢と酒を盆の上に載せた。ちょっと考えて湯飲みと箸ももう一揃《ひとそろ》いずつ用意する。

自室に戻り、文机の上に盆を置いた。

「……おまえも飲《や》るか？」

部屋にいたのは狐ではなく薬売りだった。編み笠はかぶっておらず、年寄りのような白い髪が肩から滑り落ちている。

「いただきます」

湯飲みに酒を注《つ》ぎ、箸を渡す。多聞はまず自分が白和えを一口食べてみた。

「うん、まあまあかな」

多聞は薬売りを見た。薄い色の目が多聞を見返している。

「おまえの名は？」

「青ですよ」

薬売りは薄く笑っている。

「それは俺が狐につけた名だ。おまえ自身の名だ」

「青でいいですよ。気に入っています」

「そうか……青でいいのか」

小鉢を青であった薬売りに渡すと、彼は受け取るのを少し躊躇した。

「なんだ、白和えは苦手か」

「いえ、……そうではなく」

青は小鉢を受け取った。唇を引き上げたが、笑顔にはなっていない。どこか痛めたような表情だ。

「人と一緒の皿から食うということがなかったので」

「別に病気はもっていない」

「そうではなく……」

箸を使って油揚げをつまみあげ、口に入れる。驚いたような顔をした。

「──おいしいですね」

「簡単に作れる。俺の得意料理だ」

青が小鉢を返すと、多聞はそれを受け取り青菜を摘まんだ。

「多聞先生は俺が気味悪くないのですか?」

「気味悪く?」

多聞は改めて薬売りの姿の青を見た。

「驚きはしたが気味悪くはないな。今のおまえはそこで大人しく座っているし、箸の使い方も自然だ。だいたい話が通じるなら怖がることはないだろう。そういえばこないだの眠薬《みんやく》の代金を払わなければならんな」

文机の引き出しに手を掛けた多聞に青は「いえ、いえ」と手を振った。

「あれはこっちが勝手に出したものですし」

「そうはいかん。対価は大事だ」

多聞は財布から銭を手のひらに出すと青に突き出した。

「とってくれ」

「先生は変わってらっしゃる」

青は苦笑して、十文ほどをとった。

「そうかな？」

多聞は湯飲みに入れた酒を飲んだ。青も真似《まね》するように湯飲みに口をつける。

「それで、あれはなんなんだ？」

「あれはごらんのように化け物ですよ」

青はあっさりと言い捨てる。

「化け物……」

「ただ、以前ご覧になったムジナとは出自が違います」

「化け物に出自があるのか」

多聞がそう言うと青はくすりと笑った。

「そもそも化け物とはなんでしょう」

「それは……つまり得体の知れないものだな」

「人は知らないものなどないとお思いで？」

長い髪をかきあげ、からかうような言い方をする。

「そうは言わないが」

「化け物と言っても生き物であることもあります。生き物はすべて親の腹から生まれる。それは草や木であっても、実を結び種を作る。化け物もそうやって生まれます」

多聞は額にしわを寄せた。

「化け物には化け物の親がいると？」

「はい、ムジナなどはそうですね。しかし親がいる場合もありますが、生き物の腹から出てきても別の姿をしている場合もあります。くだんという物をご存じですか？」

青の言葉に多聞は記憶を探ってみる。

「聞いたことがある。牛のからだに人の顔で予言をするという生き物だな」

「あれは牛から生まれるんです。ごく普通の、人に飼われている牝牛《めうし》から」

「ふむ。おんじおりじんおぶすぴぃしぃずだな」

今度は青が鼻にしわを寄せる。

「なんですか、そのまじない」

「少し前に英国のだーうぃんという学者が唱えた説だ。長崎で話題になっていた」

「だーうぃん？」

「未来の話だ」

多聞は酒をすすり、遠くを見るような目で天井を見上げた。

「生き物は親から子供に容姿や才能、特徴が受け継がれる。しかしときにまったく違う子が生まれてくる場合がある。それがその種にとって生きるために必要な変化なら受け入れられ、不要ならば自然に淘汰《とうた》されるという説だ」

まだ「進化」という言葉もなかった時代だ。ダーウィンの「種の起源《オンジオリジンオブスピーシーズ》」の完全な解釈は明治まで待たなければならない。

「くだんなどは予言をするとすぐに死んでしまうそうです」

「先のことなどわからない方がいいということだろうな」

「しかし、今日のあれは――蟷螂女《とうろうおんな》は違います」

青はようやく話の本筋に入った。

「親から生まれたわけではないと？」

「親はいるのでしょうが、血肉を分けたものではない。おそらくは女の念、恨みつらみ、悲しみ苦しみが親といえば親」

「女の、念」

「姿がそうでしたからね」

青は白和えをもう一口食べた。

「生き物ではないのか」

「そうです。だから生き物である人では殺すのはむずかしい」

しばらくの間二人は黙って酒をすすった。

「──ではどうする。このまま放っておいてもいいのか？　かんざしを挿した女は大川を通れなくなるし、化け物が大川から離れないという保証もない」

「ひとつだけ方法があります」

「どんな方法だ」

青は目を上げ、多聞を見つめた。

「綾を解く」

「さっきもそう言っていたな、どういうことだ」

「女が蟷螂になった理由を探るんです。恨みや苦しみを知ってわかってやるんですよ。そうすれば凝り固まった念はほぐれ、自然と消える。まあ、時間が解決する場合もありますが」

「そうなのか？　どのくらいで」

青は考えるように目線を上に向け、ひいふうみいと数を数えた。

「百年くらいですかね」

「長すぎる」

憮然《ぶぜん》とする多聞に青はにやにやする。

「だからそれを——綾を解くのを俺にやれと」

「俺はまだうまく動けません」

青は肩に手をやった。自分をかばったための怪我だ。多聞はむうっと押し黙る。

「もうひとつ聞きたい」

「なんですか」

「おまえはどっちの化け物なんだ？」

青は「はっ」と短く笑って片手を畳につき、体を斜めに傾けた。

「念じゃないことは確かですね。しかし腹から生まれたかと言われるとわかりません。なんせずいぶん昔のことだ。先生は自分が生まれたときのことを覚えておいでで？」

「そんなわけがあるか」

「そういう生き物なのか、狐から生まれた鬼っ子だったのか、今の俺には探る手だてもありませんよ」

青は寂しそうに笑うと湯飲みをぐいっとあけた。

「そんなわけで俺は念ではないので怪我をすれば血も出ますし、飯も食うし用も足す。

それは世話してくださった先生がよくご存じのはずだ」

「そういえばおまえはなぜ狐の姿だったのだ？」

「大川に妖しの気配を感じて探っていたらあれに遭遇してやられました。人の姿で倒れていたら番屋へ運び込まれてあれこれ聞かれるでしょう」

青は肩に手を当てて言った。

「もう狐にはならんのか？」

「そちらの方がよろしければいつでも」

青は湯飲みを置くとするりと畳の上に横になった。とたんに白い狐に変わる。

「見事なものだな」

多聞は狐の頭に手をやろうとして、止《や》めた。姿は狐だが中身があの薬売りだと思うと気軽に頭を撫でられなくなる。

「いいんですよ、撫でてくださって」

狐が薬売りの声で言った。少し笑いが交じっている。

「いや、撫ででん」

「おや、気に入っておりましたのに」

「それより戻れ。まだ酒が残っている」

「もう休みます」

狐は口を開けてあくびをし、自らざるの中に入った。

「おやすみなさい」

「お、おう」

多聞は残った酒を一気に飲み干した。早く酔っぱらって眠ってしまいたい。

今日ばかりは洋書の写しも止めて、多聞はそうそうに床に入った。


翌朝早く、多聞は板橋厚仁に文を書いた。それを本所吉岡町《ほんじよよしおかちよう》の番屋にいた下っぴきに頼んで家まで届けてもらう。

直接厚仁の仕事場である北町奉行所に行ってもよかったが、けっこう遠い距離を歩いた末にあちこち飛び歩いている彼と行き違いになっては面倒だった。

狐の世話をしたあと、普段通りの診療をしていると、明け四ッ（十時）頃に厚仁が顔を出してくれた。

「大川の件で新しい情報があるって？」

「ああ、もう少し待っていてくれるか、この人を診てしまう」

多聞が言うと、厚仁は「いいぜ」と診療室の濡れ縁に腰をおろした。

午前中陽光が差し込むその場所には狐の入ったざるが置いてある。狐は丸くなって目を閉じ、日差しに気持ちよさそうな顔をしていた。肩には新しいさらしが巻き付けてある。

「お、なんだ、狐見《め》っかったのか」

厚仁は手を伸ばして狐の頭を撫でようとしたが、狐はその手をするりと避《よ》けると、顔を尻尾の中に埋めてしまった。

「なんだよ、愛想がねえな」

厚仁は所在なく手をぶらぶらさせると、膝の上に戻して狐と同じようにひなたぼっこを楽しんだ。

午前中の診療がおしまいになると、多聞は自分で台所に行って茶の用意をし、厚仁の前に煎餅と湯飲みを運んだ。

「実は大川で襲われた」

多聞は昨日の夜のことを厚仁に正直に話した。

「相手は人間ではなかった。螳螂の鎌のような手をした女だ。おそらくは死んだものが化けたのだと思う」

化け物の姿や狐の青が人になったという話もした。厚仁は多聞の言葉にあんぐりと口を開ける。

「……長いつきあいだから、おめぇが俺をそんなことでからかったりふざけたりしてねえとは思うが」

厚仁は首すじをぴしゃりと叩いて頭を振った。

「だとしたらこの狐も化け狐ってことになるじゃねえか。この狐だぜ？」

厚仁の言葉にざるの狐は顔をあげると「くわあ」とあくびをする。その様子を見て、厚仁はもう一度首を振った。

「信じられねえよ」

「信じる信じないはどちらでもいい。俺は事実を言っている。どうやらそれは俺の持っていたかんざしを狙ってきたらしい」

「かんざし？　おめぇが昨日みどり屋で買ったやつか？　お弓にやるって言ってた、」

話が自分のわかる範囲に戻ってきたことに安心したのか、厚仁は身を乗り出した。

「そうだ。だが厚仁はかんざしを持っていたのに空振りだと言っていたな」

「ああ、往復してやったんだが」

「だが、俺の方には来た。かんざしになにか違いがあるのかな」

厚仁はぎゅっと眉根を寄せた。そうすると顔つきに鋭さが加わって、できる男の体《てい》になる。

「そのかんざしは？」

「大川に投げ捨てた。化け物はそれを追って大川に飛び込んで」

多聞は自分の言葉ではっと思い出した。あのときあの化け物は川に飛び込む前になにか叫んでいた。

「まつたろう……」

「あ？」

「化け物がそう言っていたのだ。まつたろうと。人の名のようだが」

「おい」

厚仁は多聞の肩をぐいとつかんで下に引き寄せた。

「俺はおめぇの言ってる化け物っていうのはどうにも信じられねえんだが、その名は手がかりになる」

厚仁の勢いに多聞は驚いた。

「手がかりだと？」

「そうよ。松太郎《まつたろう》っていうのはみどり屋の若旦那の名だよ」

「――おやまあ」

不意に涼やかな声が割って入る。

「そいつは綾解く手がかりになりそうですね」

厚仁の隣には編み笠をかぶった薬売りが座っている。ざるの中にさっきまで寝ていた狐の姿はなかった。

「お、な、……え？　なんだ、きつ、ね……」

厚仁はうろたえて視線をさまよわせた。庭のどこを見ても狐の姿はない。自分が気づかないうちに誰かが前を通ったとも考えられない。

「はい、化け狐ですよ。信じてもらえますか、板橋さま」

青はにんまりと笠の下から艶《あで》やかな笑みを向けた。


自身番で薬売りの詮議をしたい、いや、するのだ、と言い張る厚仁を引きずって、多聞は厚仁と薬売りと一緒にみどり屋まで来た。

「俺ぁ信じねぇぞ、絶対信じねぇ」

厚仁はかたくなに薬売りの方を見ず、何度も眉に唾をつけていた。

「思い出してみれば細工師はみどり屋へ納めるかんざしを持っていたのだし、美晴さんやお弓さんの奪われたかんざしもみどり屋で買ったものだ。しかし、同じ場所にいたお紋さんのかんざしは別な店で買ったもの。あれはみどり屋のかんざしを狙っていたと考えられる。そして松太郎というみどり屋の若旦那の名前。なにか関係があるはずだ」

多聞は厚仁の背を押してみどり屋に入った。いきなり男が三人も小間物屋に入ってきたので、店の中がいっぱいになったような気がする。買い物客は驚いて出ていってしまった。

「これは八丁堀の……昨日もおいでくださいましたね」

店の番頭が平たい顔に愛想笑いを浮かべて出てきた。

「おお、昨日はこいつの付き添いだったが、今日は仕事だ」

「お仕事」

番頭は厚仁と一緒にいる多聞と薬売りに無遠慮な視線を向けた。

「若旦那に聞きたいことがあるんだよ。呼んでもらえねえか」

「へ、へえ……。では旦那様にお話ししてきます」

少し待たされたあと、三人は座敷に通された。

座敷には狛犬《こまいぬ》のような顔をした年輩の男が座っていた。華やかな小間物を扱うより、炭でも扱う方が似合うような強面《こわもて》だ。

店の主人の吉蔵《きちぞう》と名乗った男が慇懃《いんぎん》に頭をさげる。なぜ同心と一緒に医者と薬売りが？　とその顔が物語っていたが、吉蔵が問うことはなかった。

厚仁はあぐらをかき、多聞と青は正座した。そのあと若旦那の松太郎が入ってきた。

「あたしになにかご用とか……」

松太郎はやや小太りの、まん丸な顔をした男だった。やせれば色男になるかもしれない。おどおどとした視線は多聞たちの膝の辺りをさまよい、決して目を合わせなかった。

吉蔵は松太郎が来ても立ち退《の》かなかった。松太郎は三十にはなっているだろうに、いまだに親の庇護《ひご》の下にいるのだろう。

「なんて言ったらいいのかよくわかんねえんだが」

厚仁は困ったように言った。

「ええっと、最近大川に通り魔が出ていることは知っているか？」

「は、はい。聞いております。うちに納めるかんざしがそこで奪われたとか」

松太郎はちらちらと父親に目を走らせながら答えた。

「そうなんだ。そのあとも女が二人襲われて……それがどうもこの店のかんざしを狙っているようなんだ」

「それは——なぜでございますか」

松太郎は怯《おび》えた様子で言った。隣で黙って聞いている吉蔵の表情もさすがに揺れる。

「うん、それを調べにきているんだが……その下手人がおめぇさんの名を呼んだというんだよ」

厚仁の言葉に松太郎がぶるると頰の肉を震わせた。

「な、なぜでございますか」

「下手人は女だってんだ。おめぇさん、心当たりはねえか？　誰かに恨まれてねえか？　つれなくした女とか……」

「そんなものはおりません」

　ぴしゃりと松太郎の父親が言った。

「いや、俺は息子さんに聞いてんだがな」

　厚仁は行儀悪く、あぐらをかいた膝の上にひじをのせ、体を乗り出した。

「うちの松太郎はひとさまに恨まれるようなことをする子じゃありません」

　厚仁を正面から睨みつける吉蔵の横で、松太郎はうつむいてしまっている。

「松太郎さん」

　多聞はそっと声をかけた。松太郎の肩がびくりと震える。

「俺は、その女の声を聞きました」

「え、……」

　初めて松太郎は多聞と視線を合わせた。

「とても悲しげな声だった。かんざしを川に投げたらそれを追って水に入ってしまったんだ。あなたの名を呼びながら」

「そ、んな、バカな」

　松太郎は首を振る。

「そんなこと、あるはずない。だって」

「松太郎！」

吉蔵が強く言う。松太郎は口を覆った。

「だって、――なんです？」

今度は青が口を開く。編み笠は外しており、尋常ではない美貌で気弱な息子を追いつめる。

「だって、女は死んでいるから……とでも？」

はっと松太郎が顔をあげる。その顔が肩が腕ががくがくと震えていた。

「その女は、誰です」

青がそう言ったとき、パタパタとなにか軽いものが移動してくる音がした。それは座敷の前で止まると、コトリと障子を開いた。松太郎も吉蔵も驚いた顔をした。

「う、梅太郎《うめたろう》」

そこにいたのはまだはいはいをしているような赤ん坊だった。赤ん坊は部屋の中の人間の顔を見て、ぱあっと笑顔を見せた。

「あー、うー」

よだれだらけの顔で意味のない言葉を発し障子につかまる。

「梅太郎、だめです。あちらに行ってなさい」

松太郎がそう言ったとき、梅太郎は障子につかまったまま、よろよろとあぶなげな足で立ち上がった。

「おお、梅太郎が立った」

吉蔵が腰を浮かす。その顔は今までの威圧的な商人のそれではなく、孫を思う好々《こうこう》爺《や》の顔だった。

「見たか、梅太郎が立ったぞ」

「ほんとですね！　ようやく立ちましたね」

祖父と父は今までの陰鬱な表情はどこへやら、飛び上がらんばかりに喜んでいる。もしかしたら立ち上がりが常の子供より遅かったのかもしれない。子供は父親と祖父の顔を見て、笑顔のまま口を開けた。

「……おぉ――まぁ――さぁ――」

その幼い口からはっきりと三文字の言葉が転がり出た。赤子の声とは思えないほど、低く、不気味な声だった。

そのとたん、吉蔵は「ひいっ」と声をあげてひっくり返った。

「い、今のは――その名は」

「お、おとっつぁん」

松太郎は赤ん坊を抱き上げた。赤ん坊は自分の口がなにを言ったのかわからぬ顔で、父親の腕の中で身をよじり、笑い声をあげる。そこへ若い女が顔を出した。

「申し訳ありません。急に這いだしてしまって」

女は松太郎の横にしゃがむと手を差し出した。その腕の中に赤ん坊は無邪気な笑顔で飛び込む。

「女将《おかみ》さんですか？」

多聞は子供をあやす女を見て言った。

「はい、さようでございます。松太郎の女房で、仙《せん》、と申します」

「そうですか、かわいいお子さんですね」

「ええ、はい。ありがとうございます」

お仙は嬉《うれ》し気《げ》に頭を下げると赤ん坊を抱いて部屋を出ていった。尻餅をついた吉蔵と、呆然としている松太郎に厚仁は鋭い目を向けた。

「話しちゃくれねえか。おまさ、という名前について」

松太郎ががっくりとうなだれる。吉蔵もすでに魂を抜かれているようにぼんやりとしていた。

「おまさは……あたしが前に情けをかけた女で……梅太郎の母親です」

松太郎は震える声で告白した。

おまさはみどり屋の女中だった。松太郎よりひとつ年上で、よく気の付く明るい女だった。松太郎はおまさに惚れて一緒になるつもりでかんざしなども贈り、体の関係もあった。

しかし、吉蔵はそれをよしとしなかった。身よりのない女中などを家に入れるつもりはなく、縁戚を頼んでお仙とめあわせ、祝言を挙げさせた。おまさの腹には松太郎の子供が宿っていたが、気弱な息子は父親に逆らえなかった。

おまさは身を引き、その後、お仙も身ごもった。だが、お仙は事故にあって流産し、もう子供は作れないだろうと言われてしまった。

商家に跡継ぎがいないのは大問題だった。子供を失ったお仙も消沈し、寝込んでしまった。

吉蔵はおまさを捜しだし、生まれていた息子との子を奪った。まだ名前もついていない赤子だった。

すがりつくおまさを番頭の六助《ろくすけ》に任せ、赤ん坊を抱いて店に戻った。

おまさが大川に入って自殺したと聞いたのはそれからすぐだった……。

「おまささんが入水《じゅすい》したのはいつです」

多聞は吉蔵たちが話した事実を驚きをもって受け止めた。

「もう一月ほども前です。四月の終わりでした」

松太郎が目に涙を浮かべる。

「死ぬとは思わなかった……、十分な金子《きんす》も渡した。じきにあきらめるだろうと」

吉蔵の手が着物の膝をぎりぎりとよじる。

「母親が子供を金と引き替えると思ったのか」

厚仁がへどを吐くような口調で言う。

「捨てられて子供を奪われて……恨まない方がおかしいぜ」

「大川の通り魔はおまさなんでしょうか？　死んだというのは嘘で、うちに復讐《ふくしゅう》をしているんでしょうか」

松太郎が弱々しい口調で聞いた。

「いや、おまささんは死んでいます。……体はね」

青の口調はなんの感情もこもらないものだった。

「え、で、では、大川の通り魔は……」

「あなたたちはおまささんの墓に参ったことはありますか？」

多聞は松太郎を遮って言った。

「それは……」

「墓がどこにあるかはご存じですか」

それには吉蔵が答えた。

「それは知っています。長屋の人たちがお金を出し合って葬式を出したと聞きました。私も店の女中だったからと金子を出しております」

「なら一度お参りしてください。おまささんの冥福を祈ってください。すまないことをしたと心から謝ってください。でないとかわいそうなあの人は浮かばれません」

多聞の言葉に息子は色をなくした。

「ま、まさか大川の通り魔はおまさの祟《たた》りなんですか……!?」

「それは私からは言えません」

松太郎は顔を覆った。

「大川の話を聞いて、そうではないかと思ったこともありました。あたしたちはおまさにどう償えばいいでしょうか」

「梅太郎には……おまさの亡霊が取《と》り憑《つ》いたのか」

狛犬が今はすっかり濡れそぼった犬のような顔になっていた。吉蔵の膝の上には、ねじった着物のしわがいくつもできている。

「さきほど梅太郎ちゃんの言葉を聞いて吉蔵さんは怯えられましたね」

多聞はそう言うと膝を進めて吉蔵の膝の上の手を取った。

「それはあなたの良心の怯えです。あなたたちはまだ真っ当だ。おまささんから子供を取り上げた罪は罪だが、母亡きあと遺《のこ》された子供を心を尽くして育ててください。さっきの言葉は亡霊が言わせたんじゃない、あなたたちの良心が言わせたんです」

「せ、先生……」

多聞は力強く吉蔵の手を握りしめた。

「困ったことがあれば相談に乗ります。あなたたちは梅太郎ちゃんがかわいいのでしょう?」

「は、はい!」

「そ、それはもう……!」

祖父と父は先を争うように言った。

「そうですか。それはよかった」

「先生、ありがとうございます」

「申し訳ありません」

吉蔵と松太郎は多聞にすがりついて涙をこぼした。その背を優しく撫でながら、ふと多聞は気づいた。

青が背を倒し、畳の上からなにか拾い上げている。しかしその指先にはなにもないように見えた。

「しかし、大川の一件にこんなことが関わっていたとはな」

「綾は纏《もつ》れているからこそ綾なんですよ。これを解かなくちゃ化け物は退治できない」

青の言葉に厚仁はきっと顔を睨みつけ、その美貌にあわてて目を逸《そ》らした。

「いや、俺は化け物なんか信じちゃいねえけどよ！　下手人はきっといるはずだぜ」

「化け狐はどうしますか」

青はからかうように言って編み笠をかぶる。顔が見えなくなったことで、厚仁は余裕を取り戻したのか、指先を笠の先に突きつけた。

「お、おめえだってただの人間だ、絶対ェなにかカラクリがあるはずだ！」

「厚仁、俺は夕方大川に行ってみようと思う」

多聞は厚仁の伸ばした指を手で払った。

「お、おう。俺も行くぜ」

「いいんですか？　化け物がいますよ」

青はからかい口調のままだ。厚仁の顔が瞬時に赤くなり、眉がぎりぎりとつり上がった。

「ふざけんな！　化け物なんかがいないことを確かめてやるんだよ」

「厚仁、化け物はいるんだよ」

　多聞がそう言っても厚仁は聞く耳を持たない。

「夕刻、暮六ツに大川吾妻橋だ！　いいか、絶対ェ化け物なんかいないからな！」

　そう怒鳴って駆けだして行った。多聞は目の下の編み笠を見下ろす。

「青、厚仁をからかうのはやめろ」

「あのお人は先生とはまた違う素直な方で面白いですね」

　多聞は苦笑した。

「厚仁とは父同士が仲がよくて、子供の頃から互いの家を行き来していた。手習い所でも机を並べていた友人だ。口は悪いが正直でまっすぐないいやつだよ」

「友人、ですか」

　青が編み笠の縁を引いて下にさげる。

「いいものだと聞いています」

「うむ、いいものだ」

　多聞が答えると青はすい、と背を向けた。

「先生、大川に行く前に用意してほしいものがあります」

「なんだ？」

「あれをひとつお願いできますか」

青が指さした先には人形を扱う店がある。

「あれを？」

「はい」

青はうなずいた。

「たぶん、刀より役に立ちますよ」

四

夕方まで診療を続け、出かけるまえに夕食をとった。夕食は母親が作る。

狐が戻っていることは内緒にしているので、食べ終わった後、別に買っておいた鶏《とり》肉《にく》を狐に出した。青は狐の姿でざるの中に入っており、多聞の手から肉を食べた。

「生の肉で悪いな」

「結構ですよ、欲を言えばちょいと塩焼きにしてわさびをつけたものが好きですが」

「今度用意しておく」

狐は鶏肉をぺろりと食べた。

そのあと、家を出るまでは狐の姿で、出たあとはするりと人の姿になった。編み笠どころかちゃんと薬箱まで背負っている。どういう仕組みかわからないが、それが化け狐たるものなのだろう。

大川に出向くと吾妻橋のたもとで厚仁が待っていた。多聞と一緒にいる青を見て、わざとらしい舌打ちをする。

厚仁はいいやつなのだが、一度思いこんだ自分の考えを中々変えようとしないところが欠点だ、と多聞は思う。

「ただ歩いても通り魔は出てこないだろう」

厚仁が言うので多聞は懐からかんざしを出した。

「ここに来るまえにみどり屋で買ってきた」

「そうか」

「では行くぞ」

厚仁は腰の刀の柄《つか》に手をかけて歩きだした。多聞は丸腰だ。相手がかわいそうな女とわかった今は戦うつもりはない。

「先生……来ますよ」

大川を歩いて四半刻、薬売りが低く呟いた。厚仁が刀の鯉口《こいぐち》を切る音が短く響いた。

ざぶり、と水音がして、黒い影が水面から飛び上がってきた。

「厚仁！　伏せろ！」

しゃがんだ多聞の頭の上を影が飛び越えてゆく。草むらに着地したそれは両腕を頭上にあげた。弓なりの鎌が月の光の下でぎらりと光る。

「ば、」

厚仁が口を丸く開いた。

「ばけ――」

だがぶるると首を振る。しゃがれた声を精一杯張り上げた。

「化け物の――仮装なんかしやがって」

「おやまあ」

多聞のそばで青の小さな呆《あき》れ声《ごえ》がする。

「強情なのもあそこまでいくと感心する」

「青、綾は解けたのだろう？　おまささんを救う方法があるんじゃないのか」

「はい」

青は背中の風呂敷包みを下ろし、薬箱を出した。さらにその箱の中から取り出したのは、多聞に言って買ってもらったものだ。

「かんざしを」

青が手を伸ばす。多聞はその手の中にかんざしを落とした。青はかんざしを手に持ったものに挿した。

「おまささん」

青は草の中に立ち上がった。蟷螂の女は濁った目をそちらに向ける。

「ほら、みどり屋のかんざしだ」

青は手にしたそれをおまさに向ける。

「だがかんざしだけじゃない。これは――あんたの子だ」

おまさの体がその言葉に大きく揺れた。

青が持っていたのは人形店で買った抱き人形だった。子供が赤ん坊の世話をやく真似事をするための人形。禿頭《とくとう》につぶらな瞳の赤子人形だ。

「梅太郎さんの髪の毛を入れておきました。あんたが取り上げられた、あんたのかわいい子供です」

青がみどり屋の座敷で畳の上から拾い上げていたのは赤ん坊の髪の毛だったのだ。それを店で買った人形に埋めこんだ。

多聞の目にはそれは本当の赤子のように見えた。

「あんたの子供はみどり屋で大切にかわいがられて育っている。あんたはなにも心配することはない。この子と一緒に彼岸へ向かうといい」

「ア、ア、ア」

死んだ女の口から軋《きし》んだような声が漏れた。

「ア、アカン……ボウ……」

女の体がふらりふらりとこちらへ寄ってきた。その前に立ちはだかったのは厚仁だ。刀を構えて今にも飛びかかりそうだが、足がガクガクと震えている。

「やいやいやい！　てめぇが大川の通り魔なら大人しく縛《ばく》につきやがれ！」

「――先生」

青はうんざりした顔で多聞を振り向く。

「あの人をどうにかしてください」

「わ、わかった」

多聞は厚仁の背後に寄ると、その体をがっしりと抱え込んだ。厚仁は完全に押さえ込まれ、手足をじたばたと動かした。

「おい、多聞！　なにをしやがる！」

「いいから邪魔しないでくれ。今おまささんがちゃんと成仏しようとしているのだ」

「大川の通り魔だろう、ありゃあ！」

「いいから青に任せておけ。たぶん、その方がいい」

多聞は厚仁をひきずって後ろにさがった。青がおまさに近寄ってゆく。

「松太郎も吉蔵も後悔している。あんたの菩提《ぼだい》を弔うと約束してくれた。許せないことをされたとは思うが、梅太郎さんのために辛抱してくれ」

青が両手で赤ん坊を差し出すと、蟷螂の姿が徐々に女の姿に変わっていった。腕の鎌は小さくなり、太く長い足も細く人の形になっていった。

多聞と厚仁はその様子を驚きながら見つめていた。

「ぼうや……」

すっかり女の姿に戻ったおまさが優しい声を出した。

「あたしのぼうや」

青から子供を受け取ったおまさはその丸い頬にほおずりした。赤ん坊はきゃっきゃと笑って母親の顔に手を触れさせる。おまさの目から涙がこぼれた。

「ぼうや……ぼうや……」

その姿に多聞も思わず目の縁が熱くなる。洟《はな》をすする音に目を向けると、抱えている厚仁が盛大に泣いていた。

「綾は解けたか」

青がそう呟いたときだった。赤ん坊に顔を埋めていたおまさの体が激しく震えた。

「な、なんだ!?」

多聞は目を見開いた。おまさの丸まった背中が大きく膨れ上がり、それがバリバリと裂けてくる。

「アアアッ！」

おまさは苦悶《くもん》の悲鳴をあげた。

「アアア！　ニクイ！　マツタロウガニクイヨウッ！」

おまさの口から彼女の声ではない悲鳴があがる。おまさの首が、がくりと垂れた。しかし腕はしっかりと人形を抱いている。その背中からぞわりと緑色の塊が持ち上がってきた。

「あれは……！」

「ヒイッ！」

見ていた多聞と厚仁は声をあげた。

おまさの背から巨大な蟷螂が体を起こした。さらにその蟷螂から別の蟷螂が二匹、三匹と生える。巨大な翅《はね》が一番大きな蟷螂の体から生え、空気を揺らして震えた。

バリバリとトゲのある足が三本、四本生えてくる。蟷螂はその四本の足でしっかりと立ち上がった。

そこには三面六臂《さんめんろっぴ》の人の背丈ほどの蟷螂が立っていた。その腹あたりに人形を抱いたおまさの上半身が埋まっている。おまさは目を固く閉じ、意識がないようだった。

「どういうことだ！　綾が解けておまささんは成仏するんじゃないのか！」

多聞は厚仁を抱きかかえたまま叫んだ。多聞の腕の中で厚仁は気を失っている。

「これはおまささんの心です」

青が言った。

「子供を愛する心、男を憎む心、恨む心、悲しい心……心はひとつじゃない、いくつもの感情を抱えている。それがただ成仏することを拒んでいるんです」

「そんな……」

赤子人形を抱いたときのおまさの顔は安らいでいた。その安らぎのまま彼岸へ旅立てるかと思っていたのに。

蟷螂たちが緑色の巨大な目で、青と、そして多聞を見た。感情のない目だ。ただ捕食するためだけに焦点を合わせた目。

「こいつはもう綾解くだけでは倒せない」

「なんだと!?」

だが青はどこか楽しそうな顔をしている。いや、獲物を前にして恍惚《こうこつ》としているような。

「これだけの化け物、そして手が揃うことは滅多にない」

「手？」

「先生のことですよ」

青はそう言いざま、蟷螂の化け物に飛びかかった。美しい横顔の鼻が口がぐうっと伸び、みるみる銀色の毛が生えてくる。人の姿そのままに顔だけ狐になった青は、着物の袖から獣の腕を出した。その爪が蟷螂の頭のひとつを叩き潰す。複数の鎌が青めがけて伸ばされた。それをかいくぐり、また跳躍し、青の腕は、爪は蟷螂を斬りつけていく。

「青ッ！」

蟷螂の鎌が青の編み笠をはね上げた。長い銀色の髪が流れ星の尾のように夜を横切る。頭の上には大きな三角の耳があった。

青は多聞と離れた場所に着地した。

「綾を解き、魂《たま》を狩る」

青は月に向かって口を開けた。月は中天にあり、青は真上を向いている。白いのどがぴんと張り全身が淡く輝いた。

(今度はなんだ!?)

青の開いた口の中からなにかが出てくる。するすると月に引っ張られるように長く細い、あれは――刀だ。

青は空に刀を吐き出すと、それを掴《つか》んで多聞の方へ投げてよこした。ぱしんっと多聞の手の中に吸い付くように刀が収まる。

その刀は二尺未満の小太刀だった。銀の鞘《さや》に銀の柄、鍔《つば》はなく、その部分には青い石が埋め込まれていた。

「刀を抜き、化け物にとどめをさせ！」

青はそう叫ぶと蟷螂の背に回り、飛び上がって足と腕をからめる。蟷螂は嫌がって体を振ったが、青はしっかりと絡みつき離れなかった。両腕で蟷螂の首を捕らえ、絞めあげている。

一番大きな鎌が振り上げられ、青の背や肩に顔に、ざくりざくりと斬りつけた。血が噴き出したが青は力を緩めない。

「青！」

「早く……いまだ……！」

青は反動をつけ、身をのけぞらせた。蟷螂の顎の下が露《あら》わになる。

「ここだ！」

多聞は小太刀を抜いていた。鞘を左手に持ち、襲い掛かる鎌をそれで防いだ。鎌とぶつかると青白い火花が散る。

「うおおっ！」

おまさの頭のすぐ上、蟷螂の顎の下、その場所に多聞は刀を突き立てた。

金属が擦り合わさるような耳障りな悲鳴が蟷螂から発せられた。蟷螂はすべての鎌を振り上げ、全身を震わせる。青は蟷螂の背から落ち、草むらに転がった。

「青！」

刀を抜き、多聞は倒れた青のそばに駆け寄った。

「しっかりしろ！」

「……大丈夫ですよ、傷は深くない」

青は狐の顔で笑う。白い羽織が真っ赤になるほど血塗れでなにが深くないだ、と怒鳴ろうとしたとき、青が背後を指さした。

多聞が振り返ると蟷螂の体からおまさの体が離れてゆくところだった。おまさはいまだ赤子人形を抱いている。蟷螂の体から二歩、三歩と離れてそのまま大川の中へ入っていった。

「おまささん――」

多聞が呼ぶと、おまさは立ち止まり、こちらを少しだけ振り返った。

ありがとうございます。

声に出さず、おまさはそう言った。それが頭の中に響いた。

そして――おまさの姿は消えた。草むらに、どうっと音をたてて蟷螂の体が倒れる。

青が多聞の体にすがって起き上がった。ふらふらと蟷螂のそばに寄る。いつの間にか狐の顔はもとの美貌に戻っていた。

「……」

青が何事かを口の中で呟くと、倒れた蟷螂の体が淡い緑色の光に包まれた。その体はみるみる小さくなっていき、やがて猫ほどの大きさになった。それでも蟷螂としては大きいほうだ。

青がまだ光の残る蟷螂を持ち上げると、蟷螂の中から小さな光がひとつ飛び出した。大きな蛍のような光の玉は、青の顔の前をふわふわと舞う。青の白い肌が光に照らされて美しい。今まで戦った相手を見る表情ではなく、どこか悲しげな顔だった。

ゆっくりと口を開けると、光の玉はその中に吸い込まれていった。

こくりと喉を動かして、青はそれを飲み下す。すると青の全身から血がぬぐったように消え、羽織も元の白さに戻った。

すっかり傷の癒えた青は周りを見渡し、やがて放り出していた薬箱を見つけた。箱のふたを開けると蟷螂を中に放り込んでしまう。

「おしまいです」

呆然と見ている多聞の前で、青はぱたりと蓋を閉じた。

「おしまいって……その蟷螂の体、それはどうするんだ」

「薬にしますよ。俺は薬売りですからね」

多聞は青が前にムジナを倒したときも同じことを言っていたのを思い出した。

青は多聞に近づき、手を差し出した。

「刀を返してください」

青の左手には多聞が刀を突き立てたときに捨てた鞘が握られている。

多聞が刀を差し出すと、青はそれには手を触れず、刃に鞘を滑らせ根元まで納めた。

カチリと音がして刃が全て鞘に納まる。青はようやく両手で小太刀を受け取った。

「ありがとうございます」

「なぜ俺に……」

青が刀を口から取り出したことにも驚いたが、それを投げてきたときも驚いたし、うろたえた。

「おまえが斬ったほうが早かっただろう」

「残念ながら俺にはこの刀は抜けないんです」

青は銀色の小太刀を両手に持ち、愛《いと》おしげにさすった。

「なに？」

「この刀を抜けるのは人だけなんですよ。化け狐にはできない」

「だから『手』か」

青は草を踏む音もなく離れた。だがその目はじっと多聞を見つめている。

「ええ……先生のような人に会えたのは十年ぶりくらいですよ」

「十年……？」

おまえはいくつなんだと問いたい多聞に笑いかけ、青は薬箱を背中にしょった。

「ところでそのお方はどうしちまったんですか」

青は気絶している厚仁に目を向けた。多聞は厚仁のそばに膝をつくと、その頰を軽く叩く。

「こいつは実はものすごく怖がりなんだ。怪談やお化けが大の苦手で……」

「おやまあ」

青は三度目の言葉を呟いてくすくすと笑った。

「本当に多聞先生はいいご友人をお持ちで」

青は草むらから編み笠も拾い上げるとそれを頭に載せた。

「そうそう。その旦那が目覚めたら調べてほしいんですがね」

あごで笠の紐をきゅっと結び、青が言った。

「え?」

「どうにも気になることがあるんですよ」

終

後日、板橋厚仁はみどり屋の番頭、六助を自身番に引っ張った。

疑いはおまさ殺し。

蟷螂の化け物を倒し青が去ったあと半刻ほどして、厚仁は目を覚ました。その彼に、

「青が気になると言っていたんだが」と多聞が告げた。

青は指を二本立ててこう言ったのだ、と。

「ひとつは化け物になるほど恨みの強いおまさが、子供を奪われたあとすぐに自殺していることです。あきらめがよすぎやしませんか」

「確かにそうだな。俺の母なら店に怒鳴り込んでいるところだ」

「そうですね、先生の母上なら、ね」

青は苦笑し、指を一本折った。

「もうひとつは、おまささんの葬儀のさい、長屋の人間とみどり屋の主人が金を出したということです」

「それがなにかおかしいか？」

「みどり屋の吉蔵さんは、おまささんに十分な金子を渡したと言ってました。その金はなかったんでしょうか？」

「あ、」

「家の中や、大川から引き揚げられた遺体に金子がなかったか……板橋の旦那に調べてもらえませんかね」

多聞からそう聞いて、厚仁は調べてみた。おまさの住んでいた長屋のものに聞いても、おまさが金を持っていたと言うものは誰もいなかった。

次におまさの遺体について調べた。おまさの入水から日が経《た》っていたが、最初に連絡を受けて現場に駆け付けた岡っ引きは、そのときのことをよく覚えていた。

「ええ、ホトケさんは金目のものはまったく持ってませんでしたよ。死体は川岸に打ち上げられてたんですけど、そいつに蠟螂がたくさん群がっていて気味が悪かったですね」

それから岡っ引きは重要なことを話した。

「実はホトケの首には絞められたような痣《あざ》があったんです。同心の旦那もそれは見ていたはずなんですが、自殺ってことにしちまったんですよ……」

岡っ引きはやるせない表情で言った。

腹を立てた厚仁はその同心にくってかかった。しかし彼は「身寄りのない女の殺しを調べている暇はない」と悪びれなかった。

おまさが自殺ではなく他殺だったとわかったあと、厚仁は吉蔵があとを任せたという番頭の六助を調べた。

「そうしたらおまえさん、先ごろずいぶん羽振りがよくて水茶屋で豪遊してたって？　おまけに吉原にも足を運んでいる。いったいその金がどこから出てきたのか聞かせてもらいたいな」

六助は知らぬ存ぜぬを三日続けた。厚仁はなだめたりすかしたり脅したりして尋問を続け、そして四日後、こう言った。

「おめえ、このまま梅太郎が育ってみろ。跡継ぎになった梅太郎の顔をまともに見ていられるのかい」

六助は落ちた。おまさ殺しを認めたのだ。

六助はおまさを慰め自分が旦那に掛け合ってやると嘘を言って大川に誘い出した。そしてその場で首を絞め、金を奪い川へ落としたのだ。

六助はおまさの首を絞めながらこう言った。

「若旦那はおまえなんかなんとも思ってなかったのさ、ただの遊びで最初から捨てるつもりだったんだ。恨むなら若旦那を、松太郎を恨むんだな」

死の間際のおまさの心は傷つけられた。そしてその言葉に囚《とら》われたまま死んでしまった。

そのことを厚仁から聞き、多聞はおまさの姿がいくつもの蟷螂になったことに合点がいった。恨み、憎しみ、悲しみ……六助の言葉がおまさを化け物に変えてしまったのだ。

「六助は牢《ろう》に送られたし、おまさを自殺で片づけた同心《ヤツ》は謹慎になったよ」

「よく自白させられたな、証拠はなにもなかったのに」

多聞が感心して言うと、厚仁はちょっと悲しげに笑ってこう答えた。

「証拠なんてな、自分《てめえ》の心の中にあるんだよ」


おまさが六助に殺されたことを知った松太郎は、おまさの墓に百日参りをすることを誓った。雨の日も晴れの日も通って頭をさげているらしい。吉蔵もおまさの死体があがった大川の岸辺に花を供えているという。

後悔しても犯した罪をなかったことにはできない。父子はずっとその罪と向き合って生きていくのだ。

縁側に座って茶を飲んでいた厚仁は辺りを見回した。

「そういや狐もあの薬売りもいねえな」

「狐と薬売りは同じものだよ。同じ青、だ」

「俺は信じねえと言っただろ」

歯をむきだす厚仁に苦笑しながら多聞も茶をすする。

あの夜、気絶から覚めたあとも厚仁は「俺はなにも見ちゃいねえ」と言い張ったのだ。もしかしたら恐怖で見たものをきれいさっぱり忘れてしまったのかもしれない。

「あいつはどこかへ行ってしまったよ。これを置いて」

多聞は厚仁に小さな貝殻を見せた。二枚貝で表面にかわいらしい花の絵が描いてある。中を開けると翠色《みどりいろ》をした軟膏《なんこう》のようなものが入っている。

「なんだ？」

「薬だ。あいつが作ったそうだ」

「ああ、薬売りだからな」

青は蟷螂を倒したあとそのまま姿を消してしまった。二日ほどして小太郎がことづかったと言ってこの薬と文を持ってきた。文には「傷にお使いください」とだけ書いてあった。

貝殻を手に取り珍しげに眺める友人に多聞は言った。

「材料は蟷螂の化け物だそうだ」

「ま、またまたぁ」

放り出しそうになったのをあわてて受け止める。

「これだけしかないんだ、大事に扱え」

「そんな得体のしれねえモン、どうするんだ」

厚仁は両手を袖の中に入れて女のように胸に当てた。

「傷薬なんだ。半分ほどお弓さんに使ってみた。そうしたらあの酷い傷が消えてしまった」

「へえ?」

「細工師の太一の傷もすぐに治った。美晴さんの髪はさすがに戻らなかったが」

「まあ髪は伸びるから心配はいらねえだろ」

厚仁には言わなかったが、実は青が残していったものはこの薬だけではない。銀色の小太刀も家にあるのだ。捨てるわけにもいかず、文机の下に隠してある。

いつか取りに来るのだろうか……?

青がいなくなってもそう考えれば寂しさは紛れる。

「あとで家に来てくれよ、母上がおめぇに診察してもらいたいって言ってるから」

厚仁はそう言って帰って行った。治すことができない病人の診察に行くのはさすがの多聞でも辛《つら》い。だが本当に辛いのは厚仁の母親だ。

痛み止めを多めに持っていこうかと道具箱を開けていると、「こんにちは」と知った声が聞こえた。

明るい縁側に目を向けると薬売りが薬箱を背負い、庭に立っていた。

「青!」

多聞は立ち上がると裸足《はだし》で庭に飛び降りた。編み笠の下で青の唇がほころんでいる。

「やはり戻ってきたのだな、どこへ行っていたんだ！」

「まあちこちへ」

多聞が腰をかがめ、編み笠の下を覗こうとすると、青はその顔を押しやった。

「立派なお医者さまが子供みたいに、なんです」

「心配していたのだ。怪我をしたままだったし」

「治ったのはご覧になっていたでしょう？」

「しかし」

青を縁側に座らせ着物の袖をめくったり肩に触れたりする。どこにも傷はなさそうだった。

「よかった、安心した」

多聞はほっとして笑った。青は呆れた口調で言った。

「先生はお武家でしょう？　お武家がそんなしまりのない顔でどうするんです」

「武家だって嬉しいときは笑うのだ」

多聞は青の隣に座って言った。

「俺に会えて嬉しいと？」

青はからから口調で言ったが、多聞は真面目に答えた。

「もちろんだ。友人に会えて嬉しくないわけがないだろう」

青は顔をあげ、編み笠の下から多聞を見上げた。

「友人？」

その顔が不思議なことを聞いたような表情を作っている。

「うむ」

「俺は化け狐ですよ」

「化け狐とは友人になれないのか？」

「そんなのなれるわけ……」

青は、はあっとため息をついた。

「あんたが変わったお人だということを忘れていた」

「変わった人間と変わる狐だ。いい組み合わせではないか」

多聞はにこにこする。青は顔を庭に向け返事をしなかった。

「そうだ、おまえ刀を置いていっただろう？　それを取りに来たんだな？」

「――いいえ。あの刀は先生にお預けしていったのですよ」

青はそっぽを向いたまま答えた。

「俺に？」

「はい。俺には抜けない刀ですからね。抜ける人のところにある方がいい」

多聞はそう聞いて困った顔で眉根を寄せた。

「抜けると言ったって使うあてなど」

「時に先生、薬はご入り用ではないですか？」

不意に青はこちらにくるりと体ごと向き合った。だが顔は編み笠で隠れていてわからない。ただ声だけは明るかった。

「薬？」

「俺は薬売りなので……たとえば岩を小さくする薬とか」

「そんなものがあるのか!?」

多聞は思わず腰を上げた。もしそれが本当なら厚仁の母親を助けることができる。

「……これから作るんですよ」

「え、つまり」

多聞は青の顔を見て、それから部屋の中を――文机の方を見た。小太刀を隠してある場所だ。

「もしかしてまた化け物退治……」

「話が早くて助かります」

青は編み笠をとってにんまりと紅い唇で笑う。

その美貌に軽い眩暈《めまい》を感じながらも、多聞は湧き起こる興奮を抑えられなかった。

岩が治せる。薬が手に入る。人々を救うことができる。

医者にとっての本懐だ。

「わかった。話を聞かせてくれ。ああ、その前に茶をいれよう」

多聞は立ち上がり奥へ行こうとした。肩越しに見やると青は縁側にちょんと腰掛け、気持ちよさそうに日差しに顔を向けている。

白い顔や髪に日差しが当たり、輪郭を銀色に光らせていた。

「おかえり」

小さな声で言うと、多聞はとびきりおいしい茶をいれようと台所へ向かった。

第二話　振り袖夢幻

ふりそでむげん

序

「知ってるかい」

「なにをだよ」

「芸妓《げいぎ》神社の裏の林にお化けが出るんだって」

「どんなお化けだい」

「きれいな振り袖のお化けだよ。そいつは昔死んだ女形が化けたものなんだって。奈落に落ちて両足を失ったんだ。だから通りかかる子供を捕まえて、足を取っちまうんだって！」

「聞いた話だと振り袖の中には誰もいなくて、でも振り袖からはたくさんの足が見えているんだよ。それはみんな取られた子供の足なんだって」

「おっかねえ……」

「でもね、そいつと取引すれば、芸が上達して看板を張れる役者になれるんだよ」

「取引ってどんな？」

「それはわかんねえけど……だからさ、みんなで行ってみないかい」

そんな噂《うわさ》を高峯座《たかみねざ》の色子《いろこ》と呼ばれる幼い連中が話していた。

色子は子役として舞台に出るほかは、座の下働きや役者の兄さんたちのお付きを務める。時には大店《おおだな》の主人や、屋敷持ちの武家に身を売ることもあった。

高峯座にいたのは五歳から十一歳くらいの少年たちだが、他の大所帯の座では十七、八になっても色子扱いされるものもいた。

浅草猿若町には芝居小屋が集まっている。幕府から公式に認められた三つの小屋、いわゆる三座以外にも、非公式の小さな小屋がいくつもあった。

高峯座もそのひとつで、客を呼べる大看板もおらず、三座に入りきれなかった客が時間つぶしに入るような小屋だった。

それでも舞台の上の役者は華やかで、色子たちは一日でも早く舞台に立ちたいと願っていた。だが芸の修業は厳しく、それ以外の仕事もさらに厳しく、お化けの噂話に夢を見てしまうほど、疲れ切っていた。

その夜、高峯座の色子四人はこっそりと小屋を抜け、芸妓神社に向かった。

芸妓神社はもともとはこのあたりに住んでいた武家の家に祀《まつ》られていた祠《ほこら》で、来歴もはっきりしない。だが、中村座の役者がここにお参りしたあと、大成功をおさめたということで、あっという間に若い役者たちの信仰の対象となった。

のちに小さいながら社も建てられ近所のものたちが掃除や管理を行っている。色子たちも何度も参りにきたものだ。

だがその後ろに広がる雑木林は、うっそうと繁《しげ》った木々が影を作り、日も当たらず様子も不気味なので入ろうというものはいなかった。

「死んだ女形ってどうしてお化けになってしまったのかな」

かさかさと足下の草を踏みしめ、色子の一人が小さな声で言った。

「そりゃあ、まだ舞台に立ちたかったからだろう？」

答えるものも小声だったが、しんと静まりかえった林の中ではやたらに響いた。

「でも怪我をしたのは足だけだったんだろう？　なら役者をやめて他の道を探せばよかったんじゃない？」

「ばかか、おまえは」

四人の中で、年は下だが大柄な少年が呆れた声を出した。

「役者は役者以外できねえよ。その女形は役者に命を懸けていたんだよ」

夜気の中に湿った草の匂いが漂っている。夏になる前の気候ではあったが普段から日の射《さ》さない林の中はひどく寒かった。

「そうかなあ。その人は別な生き方を今までしてこなかっただけでしょ？　試してみればよかったのに」

そう答えたのは一番背の低い、幼い子供だった。

「菊《きく》兄さんも怪我をしたら死んじゃうの？」

その子は続けてそんなことを別の年かさの少年に言った。菊兄さんと呼ばれた彼は小さな弟分を見て白い歯を見せた。役者は口元が美しくなければならないと、彼は房《ふさ》楊枝《ようじ》で朝晩歯を磨いていた。

「そりゃそうさ。あたしは舞台が大好きだもの。一流の役者になって舞台に立つのが夢なんだよ。足がなくなったら死んじまう」

そうこうしているうちに四人は雑木林の奥までやってきた。月の光でかろうじてお互いの顔は見えるが、周りは真っ暗だ。

「なにもいないよ」

「暗くてなにも見えないし、怖いよ。もう帰ろうよ」

幼い子供たちはそわそわと年長の菊兄にすがりついた。

「そうだな、やっぱりただの噂だったみたいだな」

菊兄は三人の体を抱き寄せ、周囲を見回して言った。

「帰ろう」

その時だった。一番幼い少年が「あっ」と大きな声をあげた。

「な、なんだ、輔《すけ》！　驚かすない！」

「あ、あれ、あれ……」

輔と呼ばれた少年は震える指で林の奥を差す。

そこには真っ暗なのに、はっきりと、鮮やかな振り袖が立っているのが見えた。

「で、出た！」

「振り袖お化けだ！」

それは裾に綿の入った豪華な打ち掛けで、様々な花や鳥、蝶《ちょう》が色鮮やかに描かれたものだった。袂は地面につくほど長い。

ちょうど誰かが頭から振り袖をかぶっているような格好で、でも、中に人はだれもいない。鮮やかな緋縮緬《ひぢりめん》の裏地が見えていた。

「きゃああっ！」

「逃げろ！」

子供たちは先を争って駆けだした。

その中で一番幼い輔が枯れ葉に足を滑らせて転んでしまった。

「きゃあっ！」

菊兄ははっと後ろを振り向いた。倒れた輔の背後から振り袖が覆《おお》い被《かぶ》さってくる。

振り袖お化けは失った足が欲しくて子供の足を取ってゆく――。

さっき聞いた話が菊兄の脳裏に甦《よみがえ》った。

「たすけて！　たすけて！」

輔が振り袖の下から手足を出してばたばたと暴れている。

輔は色子の中で一番小さいが、誰よりも愛らしい顔をして、踊りも上手だった。先輩の兄さんたちが将来が楽しみだと言っていた子だった。

「兄さん、助けてえ――っ！」

「す、輔ぇ――っ！」

一

武居多聞は浅草猿若町へ来ていた。高峯座という宮地《みやじ》芝居の座長が二日ほど前に荷車にはねられ大怪我を負った。そのとき偶然往診で近くにいた多聞が手当てをしてやったのだが、その後の容態を診に来たのだ。

「本当に先生には何度お礼を言っても言い足りねえ」

五十を超えたばかりなのに髪に白いものが混じった座長の藤九郎《とうくろう》は、布団に横になったまま手を合わせた。

「先生がすぐに手当てをしてくれたからあたしは命をつないでいるんですよ」

「座長どのの体が丈夫だったからです。命の力が強いのですね」

藤九郎は胃の下あたりを強く打ち、腸が傷ついてしまった。多聞は近くの寺の庫裏《くり》を借り、そこで開腹手術をした。前に青が譲ってくれた眠薬と傷薬を使用して手早く処置したおかげで、藤九郎は助かった。それでも腹の中のことなので、今日も様子を診に来たのだが。

「わあっ」という歓声が藤九郎の休んでいる部屋まで聞こえてきた。座長は芝居小屋の裏に居を構えていたので客席の声がよく聞こえる。今日の演目は義賊、山賊、海賊がにぎやかに登場する白波ものだという。

「盛況ですね」

多聞は診察していた藤九郎の腹部から身を起こして耳をすませた。

「へえ、この時刻ならちょうど鹿の輔《かすけ》の出番ですよ」

「鹿の輔……。人気のある役者ですか」

「はい。そのうちうちの大看板になる役者ですよ」

「そうですか。高峯座さんにはもう菊山《きくやま》という大看板がいらっしゃるとか。そうなると二枚看板になるんですね、楽しみです」

「ああ、その菊山なんですが」

にこにことえびす顔だった藤九郎の表情が陰った。

「武居先生にちょっとご相談したいことがあるんですよ」


万雷の拍手と紙吹雪、おひねりが飛び交う舞台で、役者たちは笑顔で頭を下げた。緞帳《どんちょう》がその姿を隠しても拍手は鳴り止まない。

緞帳の裏で頭を下げ続けていた菊山は、さっさと舞台袖に引っ込もうとする姫君の肩を捕まえた。

「鹿の輔！　おまえ、さっきのはなんなんだい」

菊山のとがった声は帰り間際の客に聞こえたかもしれない。呼ばれた鹿の輔はちらっと緞帳に目をやって、腕を振り払った。

「ここじゃなんだから裏へ行こうよ、兄さん」

そんな二人を他の役者たちはまた始まったという顔で見ている。

「さっきのってなんのことだい、菊山兄さん」

舞台裏に作られた楽屋で、鹿の輔はばさばさと姫君の衣装を脱いだ。それを色子たちが急いでかき集める。襦袢《じゅばん》だけになった鹿の輔は、ござの上にどっかりとあぐらをかき、化粧を落とし始めた。

「五の段の藤姫が太郎に捕まえられたところだよ！　おまえ、わざわざあたしの前に出て捕まっただろ、あたしの姿を隠しただろう！」

「そうでしたっけねえ」

塗り重ねた化粧はなかなか落ちず、鹿の輔は何度もたらいに手ぬぐいを浸した。

「他にもまだあるよ！　四の段　曙山《あけぼのやま》の幕、三の段浅黄《あさぎ》の宿、そして一番大事な終幕。どれもこれもおまえはあたしの姿を隠すようにして！」

「そりゃあお客さんが見たがっているのが菊山兄さんでなくアタシ、鹿の輔だからだよ。それが証拠にアタシの登場のときの歓声、兄さんのより大きいだろ」

鹿の輔は大きな島田のかもじを外し、頭台に載せた。そうするともうそこにはたおやかな藤姫はおらず、きかん気な目をした少年が現れる。

「おまえ、このやろう……っ！」

頬を染めて菊山が激高する。その両腕が鹿の輔の襦袢の襟首を摑みあげた。

「ちょっとちょっと、そこまでだ、菊山」

年輩の役者が割って入る。

「座長がいないときにもめ事を起こすんじゃないよ」

「うるせえッ！　二十年も努めて看板にもなれねえ爺《じじ》ィは黙ってろ！」

菊山はその男を突き飛ばした。さすがに周りがシン、と静まりかえる。

「き、菊山」

床に転がった男は怒りよりも悲しみに顔を歪めて小屋の大看板を見上げた。

「あんたいったいどうしちまったんだい、そんなヤツじゃなかったのに。まるで人が変わっちまった」

「うるさい、うるさい！」

菊山は床に置いてあった鏡台や煙草盆《たばこぼん》を蹴飛ばした。白粉や灰が舞い上がり、周りが煙る。

「どいつもこいつもあたしの邪魔ばかり……」

「菊兄、いい加減にしろよ！　あんたが気にくわねえのはアタシだけだろ、円華《えんか》さんに八つ当たりしてんじゃねえよ」

鹿の輔は突き飛ばされた男の体を抱き起こし、菊山の背中に向けて怒鳴った。

「鹿の輔ェエ……」

菊山は肩越しに鹿の輔を睨みつけた。また喧嘩《けんか》が始まると座の人間たちに緊張が走ったとき、パンパンと響きのいい拍手が聞こえた。

楽屋の入り口に立っていたのは多聞だった。

「お芝居の稽古にしては迫力がありますね」

多聞はそう言うとすたすたと菊山の方へ歩いてきた。

「私は医者で武居多聞と言います。座長の藤九郎さんの治療をしています」

多聞は女形の菊山より頭ひとつも背が高かった。のしかかるような体勢で見られてさすがに菊山の怒気もしぼむ。

「みなさんとは初めてですね」

多聞は菊山の意気が下がったのを見て、周囲に顔を向けた。

「今日は藤九郎さんに頼まれて小屋のみなさんを診療させていただきます。のどが痛いとか腰が痛むとかどんな小さなことでも結構です。具合が悪い悪くないに拘《かか》わらず診させていただきます」

若いが落ちつきのある多聞の様子に座の人間たちもどこか安堵したようだ。菊山を黙らせたというのも一因だろう。

「あ、あたし、ちょっと胸が痛いんだけど」

年若い女形がおずおずと言った。多聞は微笑《ほほえ》んでうなずく。

「俺、肩がずっと痛くて」

男の役者も小さく手をあげる。

「みなさん診察しますよ」

「先生、いい男だね。かみさんはいるの？」

まったく関係ないことを聞くものもいて、場は和やかになってきた。

「さあ、菊山さんも」

多聞が逃げ腰の菊山に笑いかけると、彼はかんざしを揺らして頭を振った。

「あ、あたしは別にどこも悪くないよ」

「そうですか？　菊山さんは足が痛むのではないのですか」

多聞の言葉に菊山はさっと顔色を変えた。

「藤九郎さんの診療のあと、少しだけ舞台を観させていただきました。あなたは右足を庇《かば》っていませんか？」

「そんな――そんなことない……！」

「適切な処置ですぐに治ることもありますよ。菊山さん、他のみなさん、さあ、診察を始めましょう」

多聞は逃げようとする菊山をさっと捕まえ、床に座らせた。他の役者たちもぞろぞろと集まってくる。

そんな中、鹿の輔だけはひとえの着物を肩につっかけると楽屋を出て行こうとした。

「鹿の輔さん、あなたも」

多聞が声をかけたが鹿の輔は振り返りもしなかった。

高峯屋の診察を終えて多聞が家に戻ると、青狐が縁の下から出てきた。最近暖かくなってきたので日中は縁の下にいることが多い。

自室のざるの中で寝ていると、不意に多聞の母親の多紀が入ってくることもあるので用心しているというのもある。

「おかえりなさい」

青は狐の口で言う。どうやって人の言葉を発声しているのか、口を開かせてじっくり観察したいという気もする。

「ただいま」

「おみやげはありますか？」

狐は太い尻尾をゆっくりと回した。多聞が懐から紙包みを覗かせると、その尻尾が左右に大きく振られる。

「福寿堂の大福だ。お茶をいれよう」

多聞がお茶の用意をして戻ってくると狐は人間に戻って待っていた。縞の着物に白い羽織の薬売りの姿だ。

「お茶をいただくならこの形でないとね」

縁側に腰を下ろし、お茶と甘味をいただく。午後の日差しは優しく暖かだ。

「ところで、青」

「はい」

「岩《ガン》の薬のことだが」

「はい。この間は残念でした」

多聞は青に、岩の治療に役立つ薬になりそうだと言われ、化け物退治につきあった。夜な夜な辻《つじ》に鬼の形相の地蔵が出るという噂を聞いて出かけたのだ。

しかし、綾解いてみれば、元いたお堂からいたずらで持ち出された地蔵に飢えた野犬の念が取り憑いたもので、多聞の持っていた握り飯であっさりと野犬は成仏した。そのあと地蔵もお堂に戻し一件落着。

化け物から光の玉は出なかったし、体も残らなかったので薬にもならなかった。石の地蔵を背負ってお堂まで運んだ多聞が筋肉痛になっただけだ。

「おまえ――この間俺を誘ったときは岩の薬になると」

「化け物は狩ってみないとわからないんですよ、薬になるかどうか。むしろならない方が多い」

「そうなのか」

多聞はがっくりと肩を落とした。

「薬になるような極上の化け物は人の念と結びつくことが多いんです。あとは元々の妖怪の力が強い場合。岩の薬になるようなものだと大妖じゃないとねえ」

青は大福をかじり、餅を口から伸ばしながら言った。

「調子のいいことばかり言って……」

「謝ったじゃないですか、しつこいな」

「夜中に出かけると母上がうるさいのだ。俺は正直化け物より母が怖い」

「ああ、多聞先生の母君ならいい化け物になりそうですね」

音を立てて茶をすすり、青は笑った。

「おまえな」

「多聞」

とがった声を背中からかけられ、多聞も青もびくりと身をすくめた。母親の多紀が奥から歩いてくる。

「お客様でしたか」

「は、あの、これは懇意にしている薬売りでして」

多聞が振り向いて薬売りを紹介しようとすると、彼はもう地面の上に片膝を突き、編み笠をかぶって控えていた。

「その、治療に必要な薬を用意してもらっています」

さすがに母親に青の正体を教えることはできない。まず理解しないだろうし、もとが狐だと言えば箒《ほうき》を持って追い立てそうだ。

「お薬はいつも伊予《いよ》点満堂さんから買い入れているでしょう」

「はい、しかしこのものは独自の方法で新しい薬を仕入れてくれるので重宝しております。母上もお見知り置きを」

薬売りはますます深く頭をさげる。多紀は編み笠で顔の見えない薬売りに冷たい目を向けると「そうですか」と一言だけ言った。

すぐにくるりと身を回して帰って行く姿に多聞は大きく息をついた。

「ああ、驚いた」

青は立ち上がりのろのろと縁側に戻る。編み笠をとった頭を見て多聞はくすりと笑った。

「青、耳が出てる」

そう言って頭の上で片手をひらひらさせる。

「おやまあ」

青は両手で頭を触った。三角の大きな耳をぎゅっと押し込むようにするとそれはたちまち姿を消した。

「笠をかぶっておいてよかった」

「尻尾も出てるぞ」

「えっ！」

あわてて立ち上がり後ろを見る青に多聞は大きな笑い声をたてる。

「騙《だま》しましたね」

「こないだのお返しだ」

「人が悪い」

青はふくれっつらでどすんと腰を落とす。

「そういや今日はどちらまで」

「ああ、浅草猿若町だ。高峯座という芝居小屋を知っているか？」

多聞は藤九郎の怪我の話と座員の診察をした話をした。

「その看板の菊山の足はどうだったんです」

「炎症を起こしているようなので貼り薬を出しておいたのだが」

考え込む多聞に青がそっと声をかける。

「なにか気がかりが？」

「うむ。ちょっと菊山の様子がな……。だが俺のところにはそれに関する資料がない。あとで緒方《おがた》先生のところに医書を借りにいくつもりだ」

「左様で」

薬売りは再び立ち上がり、どこからか出した薬箱を背負った。

「おまえも出かけるのか？」

「はい。岩の治療薬の材料になりそうな化け物を探しませんとね」

「まあ、あまり無理をするな。さっきはああ言ったが力は貸すからな」

「ありがとうございます」

青は編み笠をかぶり深々と頭をさげる。

「夜には戻れよ」

「はい」

青の姿が庭から消えた。多聞は膝に落ちた大福の粉を払い、茶器を片づけるために立ち上がった。

二

高峯座の鹿の輔は、暗い夜道をあっちへふらり、こっちへふらり、踊るような足取りで進んでいた。

ひいき筋である材木商の旦那とお座敷遊びをした帰り道。酔った足取りでふらふらと大川沿いを歩いていた。少し前まで通り魔が出ると恐れられていたが、今日は月も明るく空気も温《ぬく》く、酔って歩くには最適な夜だ。

「猫じゃ　猫じゃと　おっしゃいますが　猫が猫が足駄《あした》はいて　絞りの浴衣《ゆかた》で来るものか～」

いい喉で歌いながら歩いてゆく。旦那が持たせてくれた提灯がゆらゆらと足先を照らしていた。

「下戸《げこ》じゃ　下戸じゃと　おっしゃいますが　下戸が下戸が一升樽《いっしょうだる》かついで　前後も知らずに酔うものか～おっちょこちょいのちょい～と」

土手には鹿の輔と同じように、いい月に誘われたらしい人がちらほらと歩いていた。もっと季節が進めば蛍も舞うだろう。花火も上がるだろう。子供たちも遊ぶだろう。

川は夏がいい。

「松虫鈴虫くつわ虫……」

鹿の輔の歌は続いた。

「いい声だねえ」

前の闇から声がした。

「高峯屋の鹿の輔さんだね。さすがに小唄もお上手だ」

「おや、お褒めいただきありがとさんにござんす」

鹿の輔は提灯を持ち上げた。はっきりとはわからないが前をふさぐようにして二人の男が立っているのが見える。

「これから小屋にお帰りかい」

「左様でござんすよ」

鹿の輔が一歩二歩と進んだが、男たちは動こうとはしなかった。二人とも着流しで、襟合わせを大きく開けただらしない着こなしは、堅気《かたぎ》には思えなかった。

「なにか鹿の輔にご用でござんすか」

鹿の輔は苛《いら》だたしげにとがった声を出した。いつもより感情が抑えられないのは酒のせいだろう。

「そうそう、ご用があるんだよ」

男の一人がそう言って懐に手を入れた。取り出したのは使い込んである小刀だ。

「高峯座の看板、鹿の輔さん。あんたの足をちょいと動かなくしてほしいって頼まれてね」

もう一人も帯から木刀を抜き取った。

「なに、軽く折るだけでいいってよ。再起不能にするわけじゃないからすこしの間おとなしくしててくんな」

「じょ、冗談じゃないよ、役者が立てなくなったら死んだも同じだ」

鹿の輔はぱっと裾をまくりあげ、帯に挟んだ。

「思い通りになってたまるかよ」

そう言うなり鹿の輔は身を返し、元来た道を走り出した。

「あっ、このやろう!」

男たちはあわてて追いかけてきた。

「待ちやがれ!」

「助けてくれえっ!」

鹿の輔は大声を出した。大川は無人ではない、誰かいたら巻き込んでも逃げ切ればいい。

「助けて!」

そう思っていたのだが、声の届く範囲で答えるものはいない。足には自信があったが酒が入っているせいでいつものような速さとはいかなかった。

「やろうっ」

背後の男が怒声と一緒に木刀を放った。それが足の間にはさまり、鹿の輔はどうっと地面に倒れた。顔のすぐそばで犬の糞《ふん》の匂いがした。

「おとなしくしろ」

「い、いやだ！　勘弁してくれ！」

男が倒れた鹿の輔に馬乗りになる。

「足を折るのがいやならこいつで膝の裏をちょっと切ってやる」

ギラリと小刀を目の前に突き付け男がすごんだ。

「だれか、だれかぁ！」

悲鳴に「おーい！」と遠くから声が答えた。

「どうした！　大丈夫かあ！」

声が近づいてくる。男たちは顔を見合わせた。

「どうする？」

「かまわねえ、さっさと切って逃げよう」

男の一人が鹿の輔の足を抱えようとする。鹿の輔はそうされまいとばたばた足を動かした。

「ええい、こんちくしょう！」

ぐさり、と肉に刃を突き立てる音がした。鹿の輔は足に走った痛みに絶叫する。

「なにをしているかあ！」

駆けつけてきたのは羽織袴《はおりはかま》に総髪の男だった。左手に風呂敷包みを持ち、右手に小太刀を持っている。

顔に向かって蹴り飛ばした。

「侍……じゃねえのか、医者？」

男が匕首《あいくち》を向ける。駆けつけてきた医者はその勢いのまま、履いていた草履を男の顔に向かって蹴り飛ばした。

「うわっ」

顔を覆った一瞬の隙に医者の小太刀が男のみぞおちに叩き込まれる。刃を返して峰で打ったので出血はしなかったが、男は声もなく地面に倒れた。

「あ、あんた、武居先生……」

鹿の輔は闇の中からぬっと現れた大きな男に目を見張った。

「おお、鹿の輔さんか」

「これは奇遇……」

武居多聞はにっこり笑う。

「このやろう！」

仲間がやられたのを見て、もう一人は木刀を握り直した。多聞は横から振ってくる凶器を小太刀で受け流すと、泳いで伸びた首筋に刀の柄《つか》を打ち込んだ。

「ぎゃっ！」

二人とも地面に倒れたのを見て、鹿の輔を抱き起こす。

「大丈夫か」

「大丈夫じゃねえ！　足が、足が！」

多聞は地面に落ちた提灯の灯心を持ち上げ、足の傷を見た。

「すぐ手当てしよう。家が近い」

そう言うと小太刀を鞘に納め、鹿の輔に背を向けた。

「乗れ」

「え……っ」

まさか武家が背を貸すとは思わなかった鹿の輔はとまどった。

「早く！」

叱りつけるような声にあわてて負《お》ぶさる。

「あ、あいつらは」

鹿の輔は肩越しに振り向いて地面に倒れている男たちを見た。

「気絶している、しばらくしたら気がつくだろう」

「や、殺《や》っちまわねえのかい」

「俺は医者だ。人の命は奪わない」

多聞は背中の鹿の輔に風呂敷包みを持たせると、立ち上がって土手の上を走り出した。

「いてえ、いてえ！」

診療室に鹿の輔の泣き声が響き渡る。さらしを巻き終えた多聞は笑顔を返した。

「大丈夫だ、腱《けん》も神経も傷ついていないようだ。すぐに治る」

「だけどよ、ずぶって肉の中に刃物が」

確かに賊の小刀は鹿の輔の太股を刺したが、まっすぐに筋肉の中に入ってえぐりもせずに出て行ったので傷口は小さかった。

「うむ、運がよかったな」

「じゃあ、舞台には立てるんだな？　まともに動くんだな？」

鹿の輔は多聞の顔に嚙みつかんばかりに顔を寄せて聞いた。その肩を押さえて多聞は安心させる笑みを浮かべた。

「しばらくは安静にした方がいいが、若いしすぐに元通りだ」

「よかったああ――！」

鹿の輔は大きな安堵の息をついた。

「もう役者ができねえんじゃないかと思った……」

「先日舞台を観たぞ。とてもすばらしかった」

「おう……、ありがとよ」

さらしを巻いた足を投げ出したまま、鹿の輔はうつむいて答えた。

「あのとき鹿の輔さんの診察ができなかったから、今、簡単に診せてもらいたいが、いいか？」

多聞は立ち上がると鹿の輔の背後に回って肩に触れた。

「背中に触るぞ」

「……おう」

鹿の輔はおとなしく着物を肩から滑り落とした。多聞は長崎で手に入れた聴診器を鹿の輔の背中に当て、上から下へと音を聞いていった。

「あんた……お医者さん、菊山兄さんの足を診たんだろ、どうだった？」

とんとん、と背を叩かれた鹿の輔はうつむいたまま聞いた。

「心配なのか？」

「兄さん、舞台に立てなくなるのかよ」

「今、痛がっている部分はただの捻挫だからすぐに治るだろう。でもそこだけじゃない……」

鹿の輔は肩越しに多聞をねめつける。

「気をもたせるような言い方すんだな」

「まだ診察が途中なので判断できないのだ。そのために今日、他の先生のところから資料を借りてきた。これから調べる」

多聞は聴診器を持って鹿の輔の前へ回った。薄い胸に集音部を当てる。

「早く調べてくれよ。兄さんがおかしくなる前に」

「鹿の輔さんは菊山さんがおかしいと思うのか？」

多聞が顔をあげると、鹿の輔はぷいとそっぽを向いた。

「おかしいってか……」

鹿の輔は傷の上でぎゅっと拳を握った。

「菊山兄さんは人が変わっちまったんだよ」

「他の座員も言っていたな。ずいぶん怒りっぽくなったって」

多聞は鹿の輔の脈を取る。

「あの人は――誰よりもまじめで熱心で優しい人だったんだ。なのに、最近は朝も起きてこねえし、色子たちに乱暴するし、舞台にあがっても台詞《せりふ》間違えるし振りも違うし」

「もしかしてあんたが舞台で菊山さんの邪魔をしたというのは……そんな菊山さんを隠すためだったのか？」

多聞が体から離れたので、鹿の輔はばさりと着物を羽織った。

「そんなんじゃねえよ」

「人格の変化には病いが関わっていることもある」

道具箱をもって立ち上がった多聞に、鹿の輔はすがりついた。

「なら！　治療してくれ、治してくれよ！　金ならアタシも出すから！」

「やはり鹿の輔さんは菊山さんのことが心配なんだな」

多聞がほほえむと、鹿の輔は「ちっ」と舌打ちしてその体から手を離した。

「お茶でもいれよう」

多聞はそう言うと台所へ行き、種火を起こして湯を沸かした。鉄瓶に茶葉を入れて部屋に戻ってくると、鹿の輔は所在なさそうに薬を入れた引き出しを開けたり閉めたりしている。

「ほら」

湯飲みにたっぷりと注いでやる。鹿の輔は両手で湯飲みを抱え、ふうふうと吹いて冷ました。

「あんたと菊山さんはあの小屋に長いのか？」

「ああ、アタシが三つで座長に拾われたときにはもう菊山兄さんが先にいたんだ。兄さんも八つくらいだった」

「拾われた……」

眉をひそめる多聞に鹿の輔はカラリと笑う。

「火事で、親とはぐれてね。座長が有名になれば親が見に来てくれるっていうからその気になったんだ。まあ、この年になっても誰も来ねえけど」

「今、いくつなのだ？」

「十五、かな？」

鹿の輔は少しずつ茶をすすった。

「兄さんは小さい色子の兄貴分で、アタシは一番小さかったからずいぶんかわいがってもらったんだ。みんなでお化けを見に行ったときも……」

「お化け？」

多聞の言葉に鹿の輔は片手をあげてひらひらと振った。

「ああ、気にすんな。誰も信じない話だよ」

「いや、気にする。お化けと言ったな？　興味がある。話してみないか？」

「ええー？」

鹿の輔はいやそうな顔をした。

「武家のくせにそんなものに興味があるのか？　変わってるな」

「よく言われる」

まじめな顔で即答する多聞を鹿の輔はまじまじと見た。

「ほんとに変なお医者だな。聞きたいなら聞かせてやるけど」

「ぜひ」

多聞は鉄瓶から鹿の輔の湯飲みに茶をどぶどぶと注いだ。鹿の輔は一度大きく息をつくと、そのお茶をぐっと飲む。

「――アタシが五つくらいの頃か、色子仲間が芸妓神社の裏の林にお化けが出るって話を聞いてきたんだ。林って言っても大人になって見てみると雑木林に毛が生えた程度なんだけどな」

「今もあるんだな」

「ああ。いつ行っても湿っぽくて薄暗い、気色の悪い場所だよ」

鹿の輔は唇をなめた。

「そこに出るのは振り袖をかぶったお化けなんだ。昔、舞台に立てなくなった役者が化けたものでね、そいつに襲われると足を取られるって話だった。だけど、足を取る前にそいつは取引を持ちかけるんだって。その取引に応じると、芸が上達して看板になれるとか」

「それは誰から聞いたのだ？」

「さあね。色子仲間だったのか、役者の兄さんたちだったか……とにかく、少しでも早く舞台に立ちたかったアタシたちはみんなでその林に行ったんだ」

「子供だけで？」

「ああ、あとからさんざん叱られたけどな」

鹿の輔が笑った。

「芸が上達しなかったら、足なんてあったってどうしようもねえって強がり言ってさ……それで、アタシたちは……お化けに会った」

「会ったのか!?」

「大声出すなよ。そうだよ、そいつはそこにいたんだ。でも振り袖をかぶっちゃいなかった。そいつは振り袖そのものだった。振り袖の中はからっぽで、でもそいつが地面の上を走ってきたとき、中にいくつも足が見えた」

「怖いな」

「怖かったよ。それでみんな逃げたんだ。アタシも逃げた。でも途中で転んでしまって……そいつにのしかかられたんだ。振り袖の中はひどく生臭かった。中には誰もいないはずなのに、息づかいが聞こえた。息が耳にかかった。そいつは取引しようと言ってきた……」

鹿の輔は耳を押さえた。彼には聞こえているのかもしれない、過去の恐怖が。

「なんて言ってきたんだ?」

「……」

「おまえは取引に応じたのか?」

「——お医者の先生、あんたはこんな話を信じるのか？」

鹿の輔は多聞の問いには答えず聞き返してきた。

「うむ——実は俺も尋常ならざる体験をしていてな。お化けとか化け物とか妖怪とか……そういう闇のものも確かにいると、知っている」

「あんた、本当に変なお武家だな」

鹿の輔は薄く笑った。

「でもそういうお人は嫌いじゃないさ。なあ、アタシはこれでも三人ほどご贔屓《ひいき》を持ってる売れっ子でね、アタシを座敷に呼ぶために旦那方はけっこうなお代を払ってくれるんだ」

鹿の輔は湯飲みをコトリと床の上に置いた。

「でも先生なら、ただでいいよ」

「なんのことだ？」

「とぼけてんの？　それとも本当にわからない？」

するりと自分の首に回った腕に、多聞は驚いた。鹿の輔のきれいな顔がごく間近に迫ってくる。

「なにをする。それよりお化けの話を——」

「そんな話はもうしたくないんだよ」

鹿の輔は多聞の耳に唇を押し当て、厚ぼったい耳たぶを吸った。

「ちょ、ちょっと待て」

「あ、耳弱いのかい？」

鹿の輔は離れようとする多聞の頭を抱きかかえ、耳元でくすくす笑った。

「こういうことはしてはならん、離れてくれ」

「なに言ってんだい。衆道はお武家の嗜《たしな》みだろう？」

「いや、俺はそちらの心得はない」

ぶるぶると頭を振って多聞は鹿の輔の腕から逃れようとする。だがしなやかで長い腕はしっかりと絡みついていた。

「お化けを見に行ったのは子供だけだと言ったな。菊山も一緒だったのか？　どうやって振り袖お化けから逃げたのだ。それはおまえになんと言ったのだ」

多聞は両手で相手の体を押し返しながら早口で言ったが、鹿の輔は多聞の着物のあわせに手を入れ、胸にじかに触れてきた。

「先生ぇ、高峯屋の看板にここまでされて息のひとつも乱れないかい？　傷つくなあ」

「か、鹿の輔さん、俺はこういう交渉ごとは不得手なのだ。離れてくれ」

「ええー、こっちはその気になってきたのにさあ……」

　鹿の輔がほとんど多聞を押し倒しそうになったとき、がらりと診療室の戸が開いた。母親が来たのかと多聞はびくりとしたが、そこに立っていたのは薬売りの格好をした青だった。

「おや、患者さんですかい」

　青はすたすたと部屋の中へ入ってきた。鹿の輔は多聞から離れ、ひとつも乱れていない鬢《びん》を直すふりをした。

「なんだい、無粋だねえ」

「あいすみません、ただの薬売りなもので」

　ごく近くまで来た薬売りの顔が行灯の灯りに照らし出された。その容貌を見て鹿の輔が息を呑む。きゅっと眉根を寄せ、多聞を睨んだ。

「な、なんだよ。こんなのがそばにいるなんて聞いてねえよ」

「え？」

　鹿の輔の険しい顔に多聞は訳が分からず、救いを求めて青を見た。だが、青は白い面になんの色も見せずに多聞を見返す。

「なるほどね、どうりでアタシの手管が通じないわけだ」

　鹿の輔は急いで立ち上がった。そのとたん「いたたっ！」と悲鳴を上げる。

「おい、もっと静かに動け」

多聞が支えようとしたが、鹿の輔はその手を振り払う。頬が赤らみ、本当に怒っているようだった。

「いいよ、もう。アタシは帰るよ。恥かかせやがって」

そう言うと足をひきずり出口に向かう。

「おい、痛み止めを処方するぞ」

「いらねえよ」

多聞の言葉を背中で返し、鹿の輔は出て行った。

「なんです？　夜中の急患ですか」

青がきょとんとした顔で見送って言った。

「うむ、まあ……それより面白い話を聞いたぞ」

「面白い話？」

「うむ。振り袖お化けだそうだ」

多聞は今聞いた話を青に話して聞かせた。

三

いつもの倍時間をかけて、鹿の輔は猿若町の高峯座にたどり着いた。小屋にずっと居続ける役者もいるが、鹿の輔は近くの長屋に部屋を持っている。菊山もそのはずだった。

しかし、菊山は舞台にいた。隅に小さな行灯をひとつ置いて、鮮やかな姫様の打ち掛けを羽織り、今日演じた白波ものをさらっている。

「山にと海にと放り出しておくんなさい、それが我が身の定めとあらば、いさぎよくこの身を……この身を……」

演じていた松姫の台詞が止まる。台詞を忘れた菊山は呆然と舞台の上から桟敷を見下ろしていた。

「いさぎよくこの身は恋に散りましょう」

鹿の輔は舞台の袖から声をかけた。菊山がはっと振り向く。

「鹿の輔、おまえ……」

怯えを浮かべた視線が自分の足に向いたことに気づき、鹿の輔の口に苦い笑みが上った。

「アタシが無事で驚いたかい、兄さん」

鹿の輔は足をひきずって舞台にあがった。

「たしかにぶすりとされたけど、たいしたこたぁない。お医者に手当してもらったらすぐに治るって言われたよ」

「鹿の輔……」

「兄さん、アタシをごろつきに襲わせる暇があるんだったら、舞台から降りて養生してな」

「なにを——なにを言ってんだよ」

菊山は羽織っている松姫の打ち掛けの裾を掴み、くるりと回した。こんな場合なのにその裾捌《すそさば》きは美しかった。

「あたしが舞台から降りているうちに、おまえがこの座を乗っ取ってしまうつもりなんだろう！　高峯座の看板は渡さないよ！　あたしがこの座で一番きれいで一番上手なんだ。あたしが一番なんだよ！」

ぶるぶると体を震わせ鹿の輔を睨みつけるその顔は般若《はんにゃ》のようだ。

「兄さん……」

鹿の輔は、吸い込んだ息が出てこなくなるような苦しさを覚えながら兄弟子に向き合った。

「あんたはそんなこと思ってても口に出すような人じゃなかった。アタシを妬んでも人をやって襲わせるような、そんな人じゃなかった。あんた一体どうしちまったんだい」

「あたしがなんだって!?」

「自分で気づいてないわけないだろ、台詞は覚えてないし、フリだって間違える。足もふらふらしてるじゃないか」

「それは――この足が悪いんだよ。この足が痛くて台詞が頭に入っていかないんだ」

菊山は自分の膝を叩いた。

「アタシを診てくれた先生は、兄さんの足の捻挫はすぐ治ると言っていたよ。でも悪いのはそこだけじゃないって。きっともっと他のとこを治さないとだめなんだ」

「他のとこ？　そんなものないよ、この足のせいだよ！　これさえ治れば……」

菊山は何度も膝を叩いた。叩きながら舞台の上にくずおれてしまう。

「兄さん！」

鹿の輔は打ち掛けの中にうずくまるようにしている菊山に駆け寄った。

「兄さん、部屋に帰ろう」

「鹿の輔……」

菊山の目から涙が筋を引き頬を濡らしていた。

「おまえ、取引しただろう」

「えっ……」

菊山は鹿の輔の襟首を摑んで自分の顔に引き寄せた。

「あのとき、振り袖お化けと取引しただろう。それで芸が上達したんだ。そうなんだろう」

「兄さん」

「子供の頃、振り袖お化けを見に行ったじゃないか。あのときおまえだけが振り袖お化けに襲われた……あれからだ、おまえが上手になったのは」

「してないよ」

鹿の輔は静かに言うと菊山の両手をそっと摑んだ。

「そんなの兄さんが一番よく知ってるじゃないか。あのときアタシを助けてくれたのは兄さんなんだよ」

鹿の輔も目に涙を浮かべた。

「兄さんは戻ってきてそのへんに落ちてた棒で振り袖お化けを何度も叩いてくれた。それでアタシは逃げ出すことができたんだ。アタシの手をひっぱってくれたじゃないか。一緒に逃げたじゃないか」


——輔ェ！

幼い菊山が泣きながらわめきながら棒で振り袖を叩いた。

――輔を放せ！　こいつは役者になるんだ、誰よりも上手な役者になるんだよ！

――にいさん……！

ようやく振り袖から顔を出すことができた鹿の輔の腕を菊山は引っ張った。

――早く！　早く逃げろ……！

「そうしてあとも見ずに逃げたじゃないか。一緒に小屋の前に座らされて叱られたじゃないか。覚えているだろ？　それに、あのお化けは……」

「覚えて……」

菊山はぼんやりした顔を弟の顔に向ける。

「覚えてないよ……松姫の台詞がわからない……ぜんぜん覚えてないよ」

「兄さん」

菊山は鹿の輔の腕を摑み、肩に触れ、体の線を辿《たど》り、そしてしゃがんでいる彼の足に触れた。

「……いいねえ、若くて張りがあってしなやかな足だ……。鹿の輔、あたしにこの足をくれないかい」

「えっ？」

「足さえ治ればあたしは元に戻れるんだよ。高峯座一、いや、この猿若町一の女形にさあ……きれいで上手で見事な役者にさ……ねえ」

菊山は微笑んだ。美しいがどこか狂った禍々《まがまが》しい笑みだった。

「おまえの足をおくれよ……鹿の輔……」

「う、」

鹿の輔の全身に悪寒が走った。目の前にいるものが誰かわからなくなる。これは十年以上も一緒にいた大事な兄さんじゃない、これは——これは——。

「うわあっ！」

鹿の輔は菊山を突き飛ばした。足に力が入らない菊山は派手に後ろに倒れた。

「鹿の輔……ぇ……」

ずるっと舞台の上を這って菊山が自分の方へ手を伸ばす。鹿の輔は首を振って後ろにさがった。

「あ、あんたはもう、アタシの兄さんじゃない……、菊山兄さんじゃない！」

「鹿の輔……」

鹿の輔は菊山を舞台に置いたまま逃げ出した。菊山は一人、舞台の上に残される。

行灯の火がチィッと鳴いて消え、舞台は真っ暗になった。

「それで多聞先生、菊山さんの病状には心当たりがあるんですかい」

診療室から自室に戻ると、青は狐の姿で丸くなった。多聞は借りてきた資料を机の上に広げている。

「うむ、前にちらりと聞いたことがあってな。それで今はその裏をとろうと思っているんだが」

パラパラと書物をめくっては畳の上に積んでゆく。

「ああ、これだ。おおむね当てはまる」

多聞は書物を広げて青に見せた。青はその箇所を見て耳をぴくぴくと動かした。

「読めませんよ」

そこに書かれていたのは西洋の文字だった。

「なんだ、化け物には国境はないと思ったのに」

「唐の言葉ならだいたいわかるんですがね」

青はそれでも横書きの書物に目を走らせ、下に描いてある数人の男性の肖像画を鼻先でつつく。

「これは誰です？　えらそうな顔をしてますが」

「ああ、これはローマという、今は滅びた国のカエサル……日本で言えば帝《みかど》のようなものだな、その人物の絵だ」

「ほう」

「ローマという国は大きくて強い国だったのだが、千年以上も前に滅んでしまった。その滅びの原因がこのカエサルたちの病いではないかと言われている」

「病い、ですか」

「そうだ。菊山がかかっている病いも同じものかもしれない」

青は興味深げな顔をして、肖像画の一人を前足の爪で差した。

「このきれいな顔をした人は誰です？」

「これはローマの第五代カエサル、ネロだよ。暴君と恐れられた男だ。優秀な男だったが気分にむらがあって喜怒哀楽が激しく、多くの臣民を虐殺した」

「そんな男のかかった病いと菊山の病いが同じ……」

多聞はうなずいた。

「原因はなんなんです？」

「鉛だ」

「鉛……」

多聞は書物をぱらぱらめくり、ローマの生活を描いた挿絵を見せた。布を巻きつけた男たちが器で酒を飲んでいる図だ。

「ローマでは生活にたくさんの鉛が使われていた。飲むための葡萄酒《ぶどうしゅ》にも鉛が入っていたと言われる。作る過程で入ってしまうんだな。鉛入りの酒を鉛で作った器で飲む。そのために鉛中毒になってしまう」

「鉛中毒になるとローマのカエサルのようになると？」

「人が変わったり物覚えが悪くなったり歩きにくくなったりするそうだ。頭痛もあるから物事をきちんと考えられなくなる」

「菊山が鉛入りの酒を飲んでいたんですか」

「いや、」と多聞は首を振った。「おそらく原因は白粉だ」

「白粉ですか？　顔に塗る……」

青が狐の手で自分の顔を触る。

「白粉は普通の女も使う。だが役者の使う白粉は量も違うし、おそらくもとから含まれているものが多いのだ。飲んで毒になるものを長年顔や体に塗っていればどうなると思う？」

「顔や体から入っていきますか」

「この書物にはそう書かれている」

「しかしそれではすぐに治るものではありませんね……」

青は尻尾をぱたぱたと震わせた。白い毛がきらきらと顔の前を漂い、多聞は手でそれを払う。

「だが、原因がわかれば手も打てる。俺は明日一番に高峯座に行ってみようと思う」

「俺はさっき聞いた振り袖お化けが気になります。一緒に行ってその神社のあたりを見てきますよ」

「そうだな」

「聞いた限りでは人の念が凝ったもの……いい薬になりそうです」

青はにやりと笑った。獣の顔なのに笑ったとわかるのはなぜだろうと、多聞はそんなことが気になった。


菊山は芸妓神社の裏の森にいた。姫の打ち掛けを肩から下げたまま、あてどなく歩く。足が痛み、一歩進むごとにがくりがくりと膝を下げて歩いた。

「どこだい、どこにいるんだい、振り袖お化け……」

足の痛みのせいか、心の痛みのせいか、菊山の両目からぼろぼろと涙が零れている。

「あたしはおかしい……元に戻しておくれ……こんなのはいやだ……元のあたしに戻して……」

とうとう菊山はその場に倒れてしまった。昼間多聞に張ってもらった膏薬《こうやく》はもうとっくにはがれ落ちている。

「振り袖お化け……どこにいるの……あたしを助けて……助けておくれよお……」

土を掴んで菊山は泣いた。

ひゅうと細い風が菊山の乱れた髪をなでる。その中に混じる腐った肉のような臭いに、菊山は顔を上げた。

目の前に、――振り袖が立っていた。

四

午前中の診療を終え、多聞は浅草猿若町へ向かった。今日もあちこちの小屋で上げているのぼりが青い空を埋め尽くそうとしている。

大小の芝居小屋が並んでいるが、そのうち櫓《やぐら》を持っているのは三軒の小屋だけだ。江戸三座、すなわち、中村座、市村座、森田座。

二十年前の天保《てんぽう》の時代、芝居小屋から火が出て江戸の半分を焼く大火となった。当時天保の改革として質素倹約、風俗取り締まりを強化していた幕府は、その目的のために三座を江戸市中から離れた辺鄙《へんぴ》な場所へと移転させ、そこを猿若町と改名した。猿若というのは江戸における芝居小屋の草分け、猿若勘三郎にちなんだものだ。

しかし田舎といえど三座が揃ったことで客も芝居が見やすくなり、その客目当てに土産物屋や飲食の店も増え、猿若町は芝居の町として繁栄した。

幕府から公式に上演権をもらった三座は、その証《あかし》として呼び込みができる櫓を高々とあげた。

非公式な宮地芝居の座はその櫓の足下で上演する。客席に屋根がないのが宮地芝居の特徴で、雨雪、大風の日はさぞ難儀をしたことだろう。

それを歯牙にかけぬほど、江戸の人々は芝居好きだった。

両側にのぼりのなびく道を多聞は歩いた。行き交う人々も皆楽しそうな顔をして、芝居小屋の前で上演演目の書かれた札をのぞき込んでいる。

「にぎやかですねえ」

青は芝居小屋の間に立つ茶屋や屋台に目を向けながら言った。

「青は芝居を見たことがあるのか？」

「ありますよ。それどころか舞台に立ったこともあります」

「へえ……じゃあ大丈夫なのか？　ここでもし顔見知りに会ったりしたら……」

「平気ですよ。中村座がまだ禰宜町《ねぎちょう》にあった頃のことですし」

中村座が禰宜町にあったなど多聞は知らなかった。せいぜい、猿若町の前は堺町《さかいちょう》だったかとかすかに覚えているくらいだ。

「前から思っていたが実はおまえは長生きなのだな」

「ええ。化け狐ですからね」

青は調子よく答える。

「どのくらい前から化け狐なのだ」

「そうですねえ……平安京が置かれたより前からですかね」

多聞は思わず立ち止まった。

「そんな昔なのか!?」

「ええ。ですから昨日ローマのお話を聞いて感慨深いものがありましたよ。ローマが滅んだのが千年前。日本の中心が京にあったのもそのくらい……。おや？　江戸に幕府が置かれたのはいつ頃でしたかねえ」

「家康公が幕府を開いてからはまだ二百三十年だな」

ほう、と青は編み笠の下から丸い目を覗かせる。だがすぐに顔を前に向けて歩き出した。

「そんなものですか。江戸になってからは世の中が速く進んだような気がします」

「驚いたなあ」

多聞はそのあとをついてゆく。

「化け狐ですから」

「しかし千年か……ふむ」

追いついた多聞は身を屈めると、編み笠の下の青の顔をのぞき込んだ。

「いつまでも化け狐では、そしりのようで心地が悪い。千年狐《ちとせぎつね》ならどうだ？　千年飴《あめ》のようでかわいらしい」

その言葉に青は驚いたのか、たたらを踏んだ。

「ば、化け狐がかわいらしくてどうするんですか！」

「語呂もいい──千年狐の青」

青はなにか言いかけたように口をもぐもぐさせたが、結局ふいっとそっぽを向いた。

「なんでもいいですよ、お好きにどうぞ」

「うむ」

多聞は嬉しげに「千年狐、千年狐」と口ずさんだ。青がそんな多聞の前をたったと小走りに駆けてゆく。

「早くしてください。俺だって忙しいんですから」

「わかったわかった」

走ってもまったく揺れない青の編み笠を追いながら、多聞も走り出した。

高峯座へ行くと、舞台の前の桟敷に小屋の人間が集まっていた。全員が舞台の上を見ている。多聞と青もそれを見上げた。

そこでは菊山が一人で先日の白波ものを演じているところだった。

背景も相手もいない舞台なのに、菊山が首をかしげればそこに話をする相手が見え、手を額に当てて遠くを見やれば海が見えた。

化粧もしていなければ姫様の衣装も着ていない。だがそこにいるのはたおやかで品のある姫君だった。

菊山の声は朗々と響き、その顔は自信に満ちて美しい。腕を大きく振れば、重いたもとが翻る様子さえ見えた。

「これは……」

多聞は桟敷の隅の方に鹿の輔が立っているのを見つけた。鹿の輔は食い入るように兄弟子の演技を見つめている。

「――どうでした、座長」

一幕を演じきって菊山が軽く胸を上下させながら言った。その言葉が終わる前に、舞台の袖で見ていた座長が手を打ち鳴らしながら寄ってきた。桟敷で見ていた小屋のものも拍手喝采だ。

「すごいぞ、菊山。前と同じ――いや前よりすばらしいじゃないか！」

座長が菊山の肩を摑んで揺すった。菊山はにっこりと艶やかな笑みを向ける。その顔のまま舞台の上に膝をつくと、桟敷のものたちに頭を下げた。

「みんな、今までのあたしの態度を許しておくれ。今までのあたしは頭の中にもやがかかっていたようで、自分がなにをやっているのかよくわからなかった。みんなにもさんざんな態度をとってしまった。本当はそんなことしたくないのに悪態が口をつき、手や足が出てしまった。この菊山これからは心を入れ替えて、小屋のために尽くすと誓うよ。このとおりだ」

床に額をこすりつける菊山に桟敷から「菊山、日本一！」「あっぱれ！」と声がかけられた。全員が菊山の復帰を喜んでいる。演技だけでなく、慕われていた優しい性質も元に戻ったと。

しかし鹿の輔だけは暗い目で菊山を睨むように見ている。

多聞は舞台の下に近づいた。

「菊山さん、足を見せてください」

「おや、武居先生……」

菊山は顔をあげると小首をかしげた。

「あたしはもう大丈夫ですよ……」

多聞は答えず舞台にあがった。立っている菊山のそばに膝をつき、足首に触れる。

「やはり熱を持っている。よくこれで動いていられましたね。すぐに冷やした方がいい」

「ただの捻挫でしょう？　じきに治ると聞きましたよ」

「捻挫はすぐに治ります。しかし、菊山さんには他の病いがある」

「おや……」

菊山が不思議そうな顔をして多聞を見上げる。多聞はそばに立っている座長の藤九郎を振り仰いだ。

「菊山さんは白粉による鉛中毒の可能性があります。今からでも鉛白を使った白粉を使うのをやめるか、白粉の量を少なくしてください」

「鉛……ちゅうどく、ですか？」

座長は初めて聞く言葉のように、たどたどしく繰り返した。

「菊山さんだけでなく、ほかの方も頭痛がしたり胃腸が悪かったり慢性的に悩んでいらっしゃる方が多かった。白粉の中に入っている鉛が原因と考えられます」

「し、しかし役者に白粉を使うなと言っても……」

座長は目を泳がせる。鉛白を使った白粉は安価で伸びがよく、使い勝手がいいからだ。

「ほかのもので代用できるならそれを使ってください。せめて量を少なくするように努めてください。中毒は歩行も危うくする。捻挫を繰り返すのもそのせいかもしれません」

一座はしんと静まった。急に白粉に害があると言われてもどう対応すればいいのかわからないのだろう。

「……わかりましたよ、先生」

言葉を発したのは菊山だった。

「あたしもずっと頭が痛かった。そのためにイライラして人に当たっていた。さっき頭の中にもやがかかってと言ったけど、そのせいだったんだね」

菊山は白い額を手で押さえた。

「すぐに代わりの白粉を探すのはむずかしい。だけどおっしゃるように白粉の量を少なくしてみましょう。たとえば腕にまで塗っていたけど手首までとか、足には塗らないとか、できると思います。顔も薄塗りにいたしましょう」

「だ、だけどおまえ、女形が白くなくっちゃあお客が喜ばないよ」

座長は菊山の決断にあわてた様子を見せた。

「まあそこは演技でなんとかするさ、ねえ、鹿の輔」

急に名前を呼ばれて、桟敷に立ったままの鹿の輔はびくりと体を震わせた。

「鹿の輔、先生がこうお言いだ。おまえもずいぶんあたしの心配してくれたけど、原因がわかれば治すこともできるだろう。ねえ？」

「……」

鹿の輔は声もなく兄弟子を見上げていたが、やがてなにも言わずに桟敷から出て行った。

「愛想のない子だ」

菊山は困った顔で笑う。

「そんなわけだからみんなも白粉は控えめにね」

菊山が言うと桟敷から「おお」と声が返った。

菊山は満足そうに桟敷を見ていたが、やがてその目がひっそりと立つ編み笠の男に留まった。

「おや」

菊山が舞台に膝をつく。

「ちょいとお兄さん」

呼ばれて青がそばに寄った。

「おやおやあ」

菊山は無遠慮に青の編み笠を持ち上げ、その顔を見つめる。驚きに目が丸くなった。

「ちょいと座長。ごらんよ、このお人。ずいぶんきれいなお顔をしている。すぐにでも舞台に立てそうだ」

青は編み笠を持ち上げている菊山の手を軽く払った。

「あいにく俺には生業《なりわい》がありまして」

「へえ、なにをしているんだい？」

青の冷たい声音も気にせず菊山が聞いた。

「あ、これはその――私が世話になっている薬売りです」

多聞が二人の間に割って入った。青が不機嫌に見えたからだ。

「薬売り！　もったいないねえ、こんなに美人なのに」

「あいにく自分の顔には興味がないもので」

「なんてことを。こんな顔に生まれたいと望むものは多いだろうに！」

「顔なんていくらでも変えられる……」

多聞は青がそれ以上よけいなことを言わないように編み笠を軽く叩いた。

「これは優秀な薬売りなので商売替えを勧めないでください。私が困ります」

「先生がそうおっしゃるんじゃねえ」

菊山は口に手を当て「うふふ」と笑う。それだけで穏やかな春風に包まれたようだった。前に見たピリピリした様子がなく、これが本来の彼なのだろう。これなら鹿の輔が慕い、小屋の人間たちからも好かれているのがわかる。

「とにかく白粉には注意してください」

「あいあい」

菊山はすっくと立つと、桟敷の座員に向かって軽く会釈をし、袖に引っ込んだ。

「先生、ちょいと」

青が編み笠を動かして多聞を出口へと誘う。多聞と青は芝居小屋の外へと移動した。

「どうした」

「生臭い」

青は吐き捨てるように言った。

「え?」

編み笠を人差し指で持ち上げて、青は多聞を見つめた。

「あんたは感じなかったですか?　菊山からひどく嫌らしい臭いがした」

「臭い?」

「あれは――腐臭だ」

青は鼻にしわを寄せ、唇の端からちらととがった歯を覗かせた。

「俺にはわからなかったが……」

多聞の答えにふっと表情を戻し、青は芝居小屋を振り返った。

「鹿の輔が話していた振り袖お化け……あれがなにか関係しているんじゃないんですかい？」

「まさか、菊山が振り袖お化けと取引したと？」

鹿の輔が話した振り袖お化けは子供が見た悪い夢であるという考えもぬぐいきれない。妖怪やお化けは現実と空想の曖昧な部分にいる。

「それはわかりませんが――しばらく菊山には注意しておいた方がいいでしょう」

青は背中の薬箱を揺すり上げた。

「俺はもう少し振り袖お化けというのを探してみます。多聞先生はほかの座員から菊山のことをもう少し詳しく聞いておいてください」

「うむ――無理をするなよ、青」

「千年狐をみくびらないでください」

青は片手をあげてすたすたと歩きだした。その背を見送って多聞はくすりと笑う。

「千年狐……気に入ってるんじゃないか」


その日以降も多聞は高峯座に通った。主に菊山の足を診ていたが、捻挫はじきに治り、頭痛が再発することもなかった。青が言うような腐敗臭は感じなかったし、実際、菊山の体のどこにも障りはない。

菊山は多聞に言ったように白粉を薄めにつけるようになった。女形の菊山の白さが薄いので、逆に男役の役者はほとんど塗らない。菊山に合わせるように他の女形も白粉が薄くなった。

高峯座は白粉をけちっているという話も出たが、菊山、鹿の輔の二人姫様は評判となり、小屋は連日大賑《おおにぎ》わいだった。

芝居小屋では互いに役者の貸し借りも行っている。菊山や鹿の輔に三座から声がかかるのもじきだろうと人々は噂した。

青は毎晩多聞のもとへ帰ってきたが、振り袖お化けを見つけられずくさっている。

「そもそも俺は振り袖お化けなんて化け物、聞いたことないんです」

青は狐の姿で仰向《あおむ》けになって畳の上で回転した。

「ほんとにそんなもの、いたんですかね」

ある日、多聞の診療所に裏長屋に住む棒手振《ぼてふ》り小吉《こきち》の娘、およしがやってきた。着物の脇が血で汚れている。軽く足を引きずっていた。

「どうしたんだ、およしさん」

およしは呉服屋から仕立ての仕事を請け負って家計を助けている娘だ。今日もできあがった着物を日本橋の呉服屋に持って行ったのだという。

「それがさ、帰り道でやられちゃって……」

日本橋の賑やかな通りを歩いているとき、足にぴりっと痛みを感じた。気にせず、しばらくそのまま歩いていると、前からやってきたどこかのおばさんに、着物が汚れているよと教えてもらったのだという。

「気がついたら着物を切られていたのよ。あまり痛みがなかったから気づかなかったけど、血も出てて」

ちょうど太股の横を切られていた。着物も襦袢も通り越し、太股の皮膚がすっぱりと切れていた。傷口から剃刀のようだと多聞は判断した。

「あわてて路地で着物をまくって血止めしてさあ、それで急いで帰ってきたのよ。ひどいわ、あたしの一張羅なのに」

およしは悔しそうに言った。怪我よりも着物を傷つけられた方が腹立たしいらしい。

「最近、着物を切る事件が続いていたけど、まさか自分が切られるなんて思わなかったわ」

「そんな事件があるのか?」

時折若い娘の着物のたもとを切るという事件が起こる。たいていは悪戯《いたずら》やいやがらせ目的だが、切られた方の娘の恐怖はどれほどだろう。

「ええ、みんなこの程度の怪我ですんでいるようだけど」

「およしさんは着物を切ったやつに心当たりはないのか」

「それが、ほんとにわからないのよ」

およしは男のように腕を組み、首をかしげる。

「通りには人が多かったけど、そんなおかしな様子の男はいなかったしねえ」

多聞はおよしの足を手当てしたが傷は大事なかった。念のためこの辺りを回っている岡っ引きに届《とどけ》を出しておけと言ったが、およしは肩をすくめただけで答えなかった。岡っ引きも好かれているものばかりではない。大手の店先に居座って駄賃をせびるものもいるので、あまり関わりたくないのだろう。

それから何日かして、友人の同心、板橋厚仁が若い岡っ引きを連れて訪ねてきた。

「よう」

機嫌よく挨拶した厚仁は、多聞の診療室に狐が丸くなっているのを見てうわっと飛びのいた。

「こ、こいつ、出て行ったんじゃなかったのか!」

「遊びにくるんだ」

「化け狐なんか来させるな!」

「化け狐はやめてくれ。千年狐と呼ぶことにしている」

「千年!?　まさか千年も生きてるわけじゃねえだろ」

多聞は黙ってにこりとする。厚仁は気味悪そうに狐から離れた。

「あと三人患者さんがいる。俺の部屋で待っててくれるか」

「お、おう」

厚仁は岡っ引きを伴って診療室を出た。「千年狐ってなんです?」と岡っ引きが厚仁に言っている声が聞こえたが、それへの返事は聞こえなかった。

やがて診療を終えた多聞は、湯飲みを三つと茶葉を入れた鉄瓶を持って自室へ向かった。縁側で厚仁と岡っ引きがぼうっとした顔で温《ぬく》まっている。

「待たせたな」

「いや、いいんだ。急に来たこっちも悪い」

厚仁は多聞から湯飲みを受け取って言った。

「なにか事件か?」

「ああ。若い女の着物を切るってェのが続いているんだが」

「ああ……」

多聞はうなずいた。

「こないだ、うちの裏長屋の娘も被害にあった」

「そうか!　切られたのはたもとか?　帯か?　それとも」

「足だ」

多聞は自分の太股のあたりを撫でた。

「薄い剃刀のようなものでスパッと一直線」

「おう、まさにそれよ」

「ひどい事件だ。歩けなくなったらどうするつもりだろう」

「そう、それだ。報告にあがっているのは大したことのない怪我だったんだが、今回はかなりの深手だ。詳しい話を聞きたいんだが、その娘がなかなか話してくれねえ。そこで多聞、医者のおめぇに治療がてら話を聞いてほしいんだ」

「同心のおまえに話さないことを俺に話すかな」

「いや、そのぅ……きっと俺にはもう話してもらえねえからさ」

厚仁は困った顔で鬢をがりがりと指でかいた。

「また余計なことをおっしゃったんでしょう」

青が人の姿で奥から出てきた。厚仁は縁側から飛び上がると青に指を突き付ける。

「出やがったな！　化け狐！　いや、手妻使《てづまつか》い！」

「薬売りでございますよ、板橋さま」

「嘘つけ！　てめえは手妻使いだ、俺になんか目くらましをかけて騙しやがったんだ！　おい、茂吉《もきち》！　こいつを捕まえろ！」

「へえ?」

岡っ引きの若者にそう命じる。茂吉と呼ばれた青年はきょとんとした顔で多聞の背後に立つ薬売りに目をやった。薬売りが茂吉を流し目で見るとその顔がみるみる赤くなる。

「てめえ! なに赤い顔してるんだ! こいつは詐欺師だ、イカサマ師だぞ!」

「厚仁、やめろ。それ以上わめくなら協力しないぞ」

「むう……」

多聞に言われて厚仁は唇を丸め込んだ。

「話を聞いてみるよ、怪我の具合も診たいし」

「ああ、頼む」

「多聞先生」

青は腰を折ると多聞の耳のそばで小さな声を吹き込んだ。

「届のあった他の娘さんのことも聞いておいてください」

「うむ」

多聞は青と一緒に被害にあった娘たちを訪ねた。いずれも小さな傷ばかりで、中にはもう傷痕もない、という娘もいた。

切られた着物も見せてもらったが、すでに繕われている。二寸ほどの一直線の傷ばかりだ。

「下手人はそれほど背が高くない人間ですね」

「そうなのか?」

「おそらく通りすがりに剃刀を滑らせているんでしょう。多聞先生のように背の高い人なら傷はもっと上になる。やられた娘たちとほとんど同じくらいの背丈だと思います」

青は体の横で手を振った。なるほど、青も小柄なので、そうするとちょうど娘たちの太股あたりに手が届く。

「最後の娘さんは大怪我だと言っていた」

多聞は厚仁に書いてもらった紹介状を見ながら言った。

「大店の娘さんで、名前はお千夏《ちか》さんだ」

五

お千夏は浅草今戸にある料亭・芝崎の一人娘だった。板橋厚仁からの紹介状を見た亭主・宇野吉《うのきち》は娘を傷つけたものをぜひ捕らえてほしいと、すぐにお千夏の部屋に案内してくれた。

お千夏は髪を下ろし、浴衣を着て多聞を迎えた。顔色が悪く、世の中の悲しみを集めたような暗い目をしていた。

「こんにちはお千夏さん」

多聞はにっこりと笑ってお千夏に挨拶した。

「私は武居多聞。蘭法の医者です。お千夏さんの怪我を治療に来ました」

「あの、でも傷はもう治療をしていただきました……」

「傷痕が大きく残っていると聞きました。私ならその傷を小さくすることができるかもしれません。診せていただけますか？」

「傷を……小さく……」

お千夏の白い顔にわずかに血の色が差した。陰鬱な顔つきだったのは、傷のことを考えていたからかもしれない。

お千夏がちらっと多聞の後ろにいる編み笠をかぶったままの青に目を向けた。多聞は振り返り、

「これは私が懇意にしている薬売りです。よい品を持っているので一緒に来てもらいました」と紹介した。

多聞はお千夏の足を診察したが、確かに今までの娘たちと違って深手だ。なにより切り方が違った。今までの娘たちは太股の横を撫でるような切り方だったのに、お千夏の足は前の部分にぐっさりと剃刀の刃が入っている。この切り方は、自ら足を差し出しているとしか考えられなかった。

「お千夏さん、傷は痛みますか？」

「は、はい」

お千夏は大店の娘にしてはおとなしげな風情で、答える声も弱々しかった。

「この傷なら私の持っている薬で傷痕も消すことができます。歩行も差し支えないでしょう。すぐに手当てできたのは幸いでしたね」

お千夏が発見されたのは楓川《かえでがわ》沿い、青物町の通りだ。助けたものの話では、路地からお千夏の女中が飛び出してきて助けを求めたという。

お千夏はすぐに近くの蘭方医のもとに運ばれ、そこで傷口を縫い合わされた。たいそう雑に縫ったようで、大きく醜い傷になっている。

「ほ、本当に傷が消えるのですか？」

「はい。傷がくっついたら糸を抜きますが、そのあとにこの軟膏を塗ってください。

しばらくすれば消えるでしょう」

多聞はお千夏に小さな貝殻に入れた軟膏を渡した。以前青がくれた傷薬だ。お千夏に渡した分で終わりになる。

「あ、ありがとうございます……！」

お千夏の目から涙がこぼれた。大きく縫われた傷痕は若い娘にどれほどの絶望を強いただろう。

「もう大丈夫ですよ。心配でしたね」

「はい……はい……」

お千夏は両手で顔を覆った。肩から緊張が消え、柔らかな雰囲気になる。泣きながらもお千夏は笑みを見せた。

「……ところでお千夏さん」

「はい」

「女中さんと二人で歩いているときに急に襲われて切られたと聞いています」

多聞の言葉にお千夏はびくっと身をすくめた。

「襲ったのは男でしたか？」

「……は、はい」

お千夏はたもとで口を隠しうつむいた。

「とても怖かったでしょう。最近、娘さんたちの着物を切ってまわっている悪党がいることはご存じでしたか？」

「ええ……」

「お千夏さんも着物の上から切られたんですね」

お千夏はますますうつむいた。

「その着物を見せていただけませんか？」

「き、着物は捨ててしまいました」

お千夏は慌てた様子で言った。

「え？」

「捨てたんです、だから手元にはありません！」

「お千夏さん……」

「あなたが助けられた辺りには出合い茶屋が多くありますね」

今まで黙っていた青が編み笠の下から声をあげた。

「あなたはそこで誰かに会っていたのではないのですか？」

お千夏はぎゅっと自分の胸元を摑んだ。

「ご両親には黙っておりますよ」

青はそう言うと、座ったまま両手を使って器用に体を前に滑らせた。思わず逃れようと身じろぐお千夏の前に迫る。

「あなたはそこで会った人に足を切られ、そこから女中と一緒になんとか逃げだした。でも結婚前の娘が出合い茶屋なんかにいたことがばれたら芝崎の名にも傷がつく。だから今はやりの切り裂き魔のせいにした。そうじゃないんですかい」

「ち、違います、わたしは……」

「青、もういい、やめなさい」

多聞は自分のすぐそばまで来た青を手でさえぎった。

「お千夏さん、言いたくなければ言わなくていいんです。あなたはその人のことが好きなんですね」

多聞の言葉にお千夏は唇をかみしめる。体が細かく震えていた。

「しかし」と多聞は強い口調で言った。「人の足を切るという行為は異常に思えます。もしかしたらその人は心を病んでいるのかもしれません。私は医者です。そうだとしたらその人を治療したい」

はっとお千夏は顔を上げた。その目に視線を合わせ、多聞は声を和らげた。

「あなたがその人を好きなら、決めるのはあなたです」

「お、お医者さま……」

お千夏はようやくそう言うと、わっと泣き出した。

「こ、怖かった、あのときあの人の様子が急に変わって……病い、……病いなんですか？　あの人は治るんですか……？」

「治したいと思ってます」

「あ、あの人は――」

お千夏は前のめりになり、多聞の手を摑んだ。

「あの人は菊さま……高峯座の菊山さまです……！」


お千夏は菊山と出合い茶屋で密会した。何度も何度も文を送り、贈り物をして、ようやく会ってもらえたのだ。

三日前、舞台を観たあと、下働きの小僧に菊山からの文をもらったときには、体が宙に浮いたような、信じられない気持ちだった。

明日の昼、青物町の茶屋紅屋にてお待ちしております　菊――たったそれだけの文が小判よりきらめいて見えた。

初めて入った出合い茶屋。念のため女中についてきてもらったが、玄関をくぐるのは勇気がいった。

年はとっているが品のよい女将に案内された部屋に菊山がいた。

間近で見た菊山は化粧もしていない男のなりだったがやはり美しく、お千夏は挨拶も忘れてぼうっと部屋の入り口で突っ立っていた。

菊山が笑いながら座布団を勧めてくれなければ立ったまま夜が更けてしまったかもしれない。

お膳で酒と小皿が運ばれてきて、菊山が徳利をとって酌をしてくれた。カチカチと音がするのは自分のもっている杯が細かく震えて菊山の徳利に当たっているからだ。

飲み慣れない酒を飲み、芝居の話をし、夢のように時が過ぎていった。

「お千夏さま、触れてもようございますか」

菊山がそう言ったのはお千夏が帰りの時間を気にし始めたときだった。

「え……」

「なにもいたしません。ただ今日の記念にお千夏さまの温みを覚えておきたいのです」

そう言って菊山は優しくお千夏を抱き寄せた。

初めて男の、それも慕い続けた菊山の胸に抱かれ、お千夏は幸せで気を失ってしまうのではないかと思った。自分の鼓動が頭の中で響き、なにも考えられない。

「菊さま……」

酒のせいもあるのだろう、お千夏は菊山の胸でうっとりと目を閉じた。もうどうなってもよいと思った。

「今までつれなくして申し訳なく思っておりますよ、お千夏さま」

菊山の柔らかな手がお千夏の背中を優しく撫でる。

「お千夏さまのご贔屓、毎度ありがたく思っておりました。しかしお千夏さまは名店芝崎のお嬢さま、役者風情が思いを寄せるべきではないと、菊山はじっと耐えておりました」

思いもかけない言葉にお千夏は菊山の胸にすがって顔を上げた。

「そんな、菊さま。わたしは一度だけでも菊さまにお目にかかれれば、もう死んだってかまいません」

「そのような悲しいことをおっしゃらないでくださいまし。菊山はお千夏さまをお慕いしております。お千夏さまのこの白魚のような指……」

菊山はお千夏の手をとり、その指先に口づけた。触れられたところは火が灯《とも》ったように熱く疼《うず》く。

「柔らかな胸……」

「ああ……」

胸に顔を埋められ、経験のないお千夏は恥ずかしさに身をよじった。

「そしてこの足……。菊山はずっと夢見ておりました。お千夏さまの足はきっと美しいに違いないと。お願いです、菊山にお千夏さまの足を見せていただけませんか」

菊山の手がお千夏の太股をまさぐった。

「そんな……わたしの足なんぞ、たいしたものでは」

「お願いでございます、お千夏さま」

菊山の目が熱を帯び、その口調に甘えが混じる。恋しい男のおねだりに、お千夏の全身が熱い波で満たされた。

「はい、あの……少しだけ」

お千夏は恥ずかしさに耐え、ほんの少しだけ膝を割った。

「ああ、やはり美しい。この張り、この艶《つや》……」

菊山はそっとお千夏の着物の裾をわけ、太股に口づけた。お千夏は全身が痺《しび》れたようになってくたくたと畳の上に横になった。憧れ続けた菊山が、今自分の肢体を賛美しながら触れてくる。

「いい足だ……美しい足だ」

菊山の唇が太股から膝に、そして脛《すね》に移動する。お千夏は菊山の賞賛の鎖にがんじがらめとなり、足を閉じることもできなかった。ただ目を固くつむり菊山のするがままに任せた。

「お千夏さま……菊山にこの足をくださいませ……」

菊山の熱い言葉にお千夏はもう息も絶え絶えになり「はい、はい……」と答えていた。

一瞬、菊山の体がお千夏から離れた。唇も手も、どこにも触れない。お千夏は急に冷えた体に不安を感じ、薄く目を開けた。

そのとき、お千夏はそこに異様なものを見た。

振り袖だ。

菊山が頭から振り袖をかぶっている。色とりどりの花模様、しかしそれは全体的に薄汚れ、刺繡《ししゅう》もほつれて裾もたもともぼろぼろになっている。あちこちに泥だかなんだかわからぬ赤黒い染みもはねていた。

「菊……さま……？」

振り袖の袖から菊山の手が出ていた。その手には剃刀が握られていた。

「きゃあああっ！」

痛みが走ったときにはもう血しぶきが上がっていた。お千夏は恐怖にかられて振り袖を——菊山の体を突き飛ばした。

菊山はあっけなく転がってしまう。

お千夏は這いずって襖を開け、廊下に転がり出た。

「お嬢さま！」

ついてきてくれていた女中が控えていた隣の部屋から飛び出してきた。お千夏の足の出血を見て、恐怖の叫びをあげる。

「ああ、なんてこと！　お嬢さま、しっかり！」

それからあとのことをお千夏はよく覚えていない。騒ぎを嫌った出合い茶屋の女将たちに追い出されるようにして店を出た。足は簡単に手ぬぐいで縛られ、歩くたびに血が滴った。

菊山がどうしたかはわからない。歩けなくなったお千夏を抱え、女中が叫んで助けを求めていたのは覚えている。

「お願い、このことは誰にも言わないで」

お千夏は女中に手をついて頼んだ。

恋い焦がれた菊山との逢瀬《おうせ》……抱きしめてもらった、慕っていると言ってもらえた。あんなに優しかったのに……なのに途中で菊山が変貌してしまった。あの振り袖はなんだったのか、なぜ菊山が自分の足を斬り落とそうとしたのか。

わからない。わからないし恐ろしかった。振り袖をかぶった菊山が怖かった。あれは、菊山ではない。人とは、思えなかった。

「菊さまはあの瞬間、違うものになってしまったように感じました」

お千夏は泣きながら言った。

「それが病いなのでしょうか？　菊さまは治りますか？」

「わかりません。でも菊山さんを診てみます」

多聞はすがりつくお千夏の手をしっかりと握った。お千夏は何度も頭を下げた。

「お願いします、お願いしますお医者さま……！」


多聞と青が猿若町の高峯屋に着いたときには、日が暮れ始めていた。

高峯屋はもう芝居を幕にして、小屋の前は帰り客でごったがえしていた。

何度も通っているので入り口の男も多聞の顔を覚えており、すんなりと通してもらった。

幕が下りた舞台の向こうでは片づけが始まっているのかどすん、がたがたと盛んに音がしている。

多聞たちは楽屋へ急いだ。

「おや、こりゃあ武居先生」

楽屋へ入るとすっかり顔なじみになった役者たちに挨拶される。

「すみません、菊山さんはいらっしゃいますか？」

多聞は楽屋を見渡したが菊山の姿はなかった。

「そういや菊山は化粧も落とさず松姫の扮装《ふんそう》のままで出て行ったよ」

「ど、どこへ」

「さあ……」

役者は目をそらして衣装を着替えに戻る。多聞が立ち尽くしていると、かもじと化粧を落として、襦袢だけになっている鹿の輔がたもとを引いた。

「先生、こっちへ」

役者たちから見えないところまで行くと、鹿の輔が真剣な目を向けてきた。

「菊山兄さんになんの用だい？」

「菊山さんにお聞きしたいことがあるんです」

「だからなにを」

鹿の輔はいらだったように言った。

「何故、女の足を切っているのかってことですよ」

青がひそりと声を落とす。鹿の輔がのどの奥でひっと声をあげた。

「やめろ、青」

「やってることは事実だ。最近噂の切り裂き魔、菊山さんなんですよ」

鹿の輔の体がゆらりと揺れ、廊下の壁に背をもたせかける。口に手を当てた鹿の輔の顔は青ざめていた。

「そんな……菊山兄さんが……」

「菊山さんは鉛中毒のせいで心の病になったのかもしれない。話を聞きたいんです」

鹿の輔はきちきちと唇を噛みしめていたが、やがて顔をあげた。

「菊山兄さんは舞台から降りてすぐにご贔屓と一緒に駕籠《かご》で出ていったんだ」

「どこへですか」

「上野《うえの》不忍池《しのばずのいけ》の料亭。ちょいと上等な出合い茶屋だ。相手が相手なんでね」

「相手とは？」

鹿の輔は一瞬ためらいを見せたが、やがて答えた。

「……大奥の御中臈《おちゅうろう》、濱中《はまなか》さま」

「大奥……」

役者仲間が言葉を濁したわけがわかった。大奥の身分の高い女性との逢瀬はご法度だ。

「茶屋に行っても簡単に会わせてはもらえねえ。アタシも一緒に行くよ」

鹿の輔は楽屋に戻ると薄いひとえの着物をひっつかんできた。歩きながら袖を通し、腰紐を結ぶ。髷が乱れていたが気にしていないようだった。

「大奥の御中臈なんぞの足を切ったら菊山兄さんは死罪になっちまう。その前に連れ戻す」

芝居帰りの客で込み合う道を三人は走り出した。

上野不忍池周辺には多くの茶屋がある。大半が男女の密会の場になっていて、その中には格式が高いものもあった。

美南屋《みなみや》はそんな高級茶屋のひとつだった。部屋数は少ないが、贅《ぜい》を凝らした設《しつら》えが自慢の店だ。

障子を開けると月を映す不忍池がよく見える。水面には蓮《はす》が葉を連ね、緑の上をわたる風が爽やかに流れ来る。

中之島《なかのしま》の弁天堂の灯り、対岸の茶屋の灯りが初夏の温い夜気の中で潤んでいる。

御中﨟、濱中は肘掛けに半身をもたせ、ゆったりと杯を口に運んでいた。菊山は松姫の舞台衣装のまま、濱中の杯に酒を注《つ》いでいる。菊山が頭を動かすたびに、前髪に差した花かんざしのびらびらがしゃらしゃらと軽い音を立てた。

「菊山、今日の舞台も見事だったぞ」

「ありがとうございます。でも濱中さまがごらんになっていると思うと緊張してしまいましたよ」

「ほ、ほ、うまい口だ。そんな口は……」

濱中は菊山の手を取り、自分のそばに引き寄せた。紅の塗られた菊山の口を、別の色の紅が覆う。たっぷりと唇を絡め、濱中は菊山の首に顔を埋めた。

「うまい口は――甘いな」

「濱中さま……」

菊山の首筋に紅を落としていた濱中は、ふと畳の上に置かれた風呂敷包みに気づいた。菊山が来た当初から持っていたものだ。

濱中は眉をひそめた。見ているとなにかぞわぞわと胸が騒ぐ。ここにいてはならないとせっつかれているようだった。

「菊山、あれはなんだ？　着替えか？」

舞台衣装の菊山と秘め事を楽しみたいとそのまま連れ出した。菊山が着替えを持ってきていてもおかしくはない。

「ああ、あれですか……」

菊山は体をねじって風呂敷を見た。

「あれも舞台衣装でございますよ。昔の女形が着ていたものです」

「昔の女形？」

「はい……哀れな女形でございます。小さな小屋のものでございましたが、その美貌と演技のうまさで天才役者ともてはやされて、三座……いえ、当時は四座でございましたか、その舞台からも声がかかっておりました」

菊山は膝をすべらせ、風呂敷包みの前に進んだ。

「けれど役者同士の妬みとそねみ、そんな糸に搦《から》め捕られ、奈落に落とされ両足を傷つけてしまいました。それ以来、不自由な足を引きずりながら、足がほしい、足がほしいと彷徨《さまよ》って、野垂れ死にしてしまったのでございます」

風呂敷をほどいた菊山は、中の振り袖をばさりと広げた。色とりどりの花の刺繍に埋め尽くされた美しい振り袖だった。だがそれはひどく汚れ古びている。

「縁起でもない。なぜそのようなものを持ち歩く」

「今日はその女形の命日でございます。せめての供養にとこれを着てやろうかと思いまして」

濱中が答える前に菊山はふわりと振り袖を羽織った。艶やかな花が日に残り、濱中はまるで花園にいるような心持ちになった。さきほど感じた不安は払拭され、すっくと立つ菊山に心がときめく。

「いかがでございますか」

菊山がにこりと微笑む。その美しさ、品の良さ。

御中臈として幾多の美女の上に立つ濱中にも逆らえない魅力があった。

「うむ……うむ、美しいぞ」

濱中が浮かされたように答えると菊山はそのまま濱中のそばにしゃがみ、振り袖の手で濱中の頬を抱いた。

「濱中さま……」

「菊山……」

「お慕いしております。濱中さま……菊山の願いを叶《かな》えていただけますか?」

「願い……願いとは……」

濱中は酒に酔ったような心持ちとなり、菊山の声がどこか遠くから聞こえてくるような気がしていた。

「菊山は濱中さまが……欲しゅうございます」

「わ、わたくしもじゃ、菊山」

心の中がかき乱され、濱中は菊山にすがりついた。

「濱中さまのお顔、お手、お体……そしておみ足……いただいてもよろしゅうございますか」

「もちろん、もちろんじゃ菊山。わたくしのすべてはおまえのものじゃ……」

「嬉しい……」

菊山に抱かれて陶然としていた濱中は、菊山が袖の中から剃刀を取り出したことに気づいていなかった。菊山は片手で濱中を抱き、剃刀を持った手で着物の上から彼女の太股に触れた。

「濱中さま……足をください……」


美南屋の玄関で多聞たちは店の人間と押し問答をしていた。

菊山を呼んで欲しいという要求に、そんな人は来ておりませんの一点張りだ。

大奥の御中臈のお忍びの訪問を、店としては守らなければならない。簡単には通せないのだろう。

「アタシは菊山と同じ高峯座の鹿の輔だよ！　明日の芝居のことでどうしても菊山兄さんに会わなきゃいけないんだ、せめて鹿の輔が来たとだけ伝えてくれ！」

鹿の輔が何度も頼み、とうとう店のものは「伝えるだけだぞ」と奥へ向かった。これで菊山が出てきてくれれば、そのまま捕まえて小屋へ戻す。多聞たちはじりじりと玄関で待った。

「……っわあ」

奥の方で小さく悲鳴が聞こえた。どたばたと高級茶屋にはあるまじき足音をたて、店の男が駆け戻ってくる。

「濱中さまが……っ、菊山が……っ！」

その言葉に多聞も青も、鹿の輔も土足のまま廊下に駆け上がった。

店は部屋数が少ない。一番奥の開いたままの襖の中、そこには絵物語のような光景が広がっていた。

振り袖を羽織った菊山が、血にまみれ畳の上を逃げようとしている濱中にまたがって剃刀を振り上げている。凄惨にも美しい場面だった。

「菊山さん！」

多聞は飛び込んで菊山をはがいじめにした、青は濱中を引きずり出す。

「青！　濱中さまの手当てを」

菊山は多聞の腕の中で剃刀を振り回しながら暴れている。

「菊山兄さん！」

鹿の輔がその菊山に飛びついて剃刀を奪った。

「怪我は大したことはない。着物が分厚かったせいでかすり傷ですぜ」

傷を見た青が言った。それに濱中は血の気の引いた顔で怒鳴り返す。

「なにがかすり傷だ！　血が、血が出ているぞ！」

「お静かに。こんなもの舐めときゃ治る」

そう言うと濱中の太股に顔を伏せ、ぺろりと血を舐めとった。

「な、なにをする！　無礼者！」

「騒ぎになるとお困りでしょう。すぐにお城へお帰りください」

青は編み笠を持ち上げると、ずいっと顔を近づけて言った。舐めた血が唇を彩る、はっとするほどの美貌が目の前に迫り、濱中は言葉を失う。

「あとはこちらで片づけますゆえ」

「う、うむ……」

ぽうっと上気した顔で濱中はうなずいた。

濱中が部屋から退出すると、菊山は多聞の腕の中でがくりと力をなくした。多聞はそっと菊山を畳の上に座らせる。菊山はもう暴れることなく、両手を下についてうつむいていた。

「菊山兄さん……兄さんが本当に切り裂き魔なのかい……」

鹿の輔は両手で剃刀を胸に抱きながら呟いた。血の気のない顔にほつれた髪が何本も落ちて、首を振るたびに揺れた。

「どうして……！　どうしてこんなことを！」

「取引だよ」

菊山は顔をあげずに力なく呟いた。前髪に差した花かんざしが細かく震える。五十輪以上の小さな梅の花が連なるかんざしは、女形の感情をつぶさに表す。

「取引……？」

「あたしは振り袖お化けと……取引したんだ」

「に、兄さん」

鹿の輔は驚きに剃刀を取り落とす。それは畳にぶっすりと刺さった。

「おまえだって取引したんだろう、鹿の輔！　だから芸が上達した！　あたしがしちゃいけないのかい！」

菊山は顔をあげた。白粉を塗った頬の上に涙が幾筋も伝い化粧がはげ、口紅は横にこすれ、舞台の上の美貌はどこにもなかった。

「ア、アタシは取引なんかしてない！」

鹿の輔は激しく首を振った。膝ががくがくと震え、立っていられないようだった。

「どんな取引をしたというんです、菊山さん」

多聞が菊山の背に手を当てると、菊山は再びうつむき、嗚咽《おえつ》をこらえながら訥々《とつとつ》と話した。

「あたしを……元に戻してくれるようにと……舞台の上でちゃんと芝居ができるようにと……」

「その代償が女の足か」

青が鹿の輔の落とした剃刀を拾い上げる。刃はよく磨かれて残酷な光を放っていた。

「お化けが足を欲しがったっていうのかい」

「そうだよ！」

菊山がきっと青を睨みつける。

「あいつは女の足を寄越せって。それが取引だって。一本丸々は無理だから百人の女の足を切って切って切って切り刻めって」

「兄さん……兄さん……」

鹿の輔はとうとう耐えきれず畳の上にしゃがみこんだ。呼吸ができないように、口を大きく開け、ひくひくとのどを鳴らしている。

「なんて、バカなことを」

「なにがバカだよ、おまえだって取引したんだろう。おまえはどうしたんだい、どこの女の足を切ったんだい！」

「取引なんかしてない……取引なんかできやしない、兄さん」

鹿の輔は畳の上に爪を立てた。ぶちぶちと畳の目が切れてゆく。その上に鹿の輔の涙がいくつもこぼれ落ちた。

「振り袖お化けなんかいないんだ。あれは——あれはアタシたちの、兄ぃたちの悪ふざけだったんだよ！」

——菊はお化けとか幽霊とかぜんぜん怖がらねえな。

――怪談も平気な顔で聞いてるし。

――怖いものないのかな。

――じゃあ、みんなで菊を怖がらせてやろうぜ。おい、輔、おまえも来い。おまえが一番菊にかわいがられているだろう？

「それでみんなで嘘の噂話を作って菊山兄さんを芸妓神社に誘い出したんだ。目印の木のそばまで行ったら、兄ぃが振り袖を吊って菊山兄さんを驚かす手はずだった。でも、間違えてアタシにかぶさったんだよ」

鹿の輔の告白を菊山は呆然と聞いていた。

「知らなかったのは菊山兄さんだけだった。でも兄さんは振り袖お化けを恐れずにアタシを助けてくれた。アタシはあのときから兄さんに一生ついていこう、兄さんを本当の兄だと思って尽くそうって決めたんだ」

鹿の輔は膝で這って行くと、身をすくめている菊山にすがりついた。

「アタシは兄さんの隣に並びたくて、兄さんと同じ舞台に立ちたくて必死に稽古をしたんだよ！　取引なんかじゃない、全部、全部、兄さんのおかげなんだよ！」

「う、嘘だ……」

菊山は鹿の輔を弱々しく押し返した。

「だってあたしは振り袖お化けに会ったんだ……話したんだ……願いを叶えるって言ってもらえたんだ。じゃああれは、あれはなんだったんだい!?」

「――それは、おそらく……鉛中毒のせいであなたの心が生み出した幻です」

多聞が静かに言った。

「見えないものが見え、聞こえないことが聞こえる……そういう病気もあるんです」

「う、そ、……だ、嘘だ。じゃああたしはどうして舞台に立っているんだよ！」

菊山はまだらになった自分の顔を多聞に突きつけるようにして怒鳴った。

「あなたの生み出した幻覚が、あなたの精神を落ち着かせたとしか言いようがありません」

「そんな……」

がくりと肩を落とした菊山にもう一度多聞が触れようとしたとき、菊山が突然叫び声をあげて立ち上がった。

「あああああ――っ！」

声というよりは音のようだった。菊山は感情のない声をあげながら、池に面した障子に身を躍らせた。

「菊山！」

激しい水音があがる。菊山は姫君の重い衣装のまま池に飛び込んだのだ。

「しまった！」

すぐに多聞が障子に足をかける。

「おまえたちは店を出て岸に回ってくれ！」

そう言うと多聞もまた池に飛び込んだ。


不忍池はびっしりと蓮が水面を埋めている。だがなんとか底に足がつくので、多聞はそれをかきわけながら進んだ。

重い着物を着ているのに、菊山は水の中をぐいぐいと進んでゆく。前の方に弁財天がまつられている中之島があった。そこへ向かっているらしい。

「青！　弁天堂だ、弁天堂に回れ！」

多聞は池の中から叫びながら菊山の背を追った。

やがて菊山は小島に這い上がった。かもじは脱げ、姫君の打ち掛けもどこかへいってい
る。なのに、あの振り袖だけはなぜか体にまとっていた。

「きく、やま……」

多聞はぜえぜえと息を荒らげ、小島にたどり着いた。菊山は入母屋造《いりもやづくり》の木造のお堂を背にしてこちらを向いている。

青瓦、赤い柱の弁天堂を前に、ぐっしょりと濡れた振り袖をまとった菊山は、まるで舞台の上でもあるかのように顔を上げ、背をまっすぐに立っていた。

「菊山、逃げるな。あなたは、治療をすれば、よくなる……」

「もういいんですよ、先生」

菊山はどうしたわけかまったく呼吸が乱れていない。役者というのは強靱《きようじん》な肺をしているると、こんなときなのに多聞は感心した。

「もう全部わかったんですよ……」

菊山が自分の幻想を認めたかと思ったが、そうではなかった。菊山は艶やかな笑みを浮かべ言葉を続けた。

「先生や鹿の輔が嘘をついているってことがね」

「嘘？　嘘とはなんだ」

「振り袖お化けは本当にいたってことですよ……」

「しかし鹿の輔が……」

そこへ青と鹿の輔が駆けつけてくる。

「菊山兄さん！」

叫んだ鹿の輔に笑う菊山の顔が艶《なま》めいて美しい。だが、その顔が異常だった。頰の辺り、こめかみの辺りの皮膚がぼこぼこと蠢《うごめ》いている。まるで肌の下に虫でもいるように。

「振り袖お化けは本当にいたんだよ、鹿の輔……」

「兄さん……」

「あたしが――振り袖お化けだったんだ」

顔の皮膚のでこぼこが菊山の額に到達した。ぐうっと皮膚が大きく盛り上がり、それを突き破って骨が生えた。先の尖ったそれはまさしく角だ。鹿の輔が悲鳴をあげた。

「なんだ、あれは!?」

驚きに叫ぶ多聞に、駆け寄った青が低く呻く。

「生成り、だ」

「なまなり!?」

菊山は角の生えた額から血を流し、にたりにたりと笑っている。その顔は鹿の輔の方に向いていた。

「人として鬼になる、妖《あやかし》になる。その途中だ。放っておけば完全に……振り袖お化けになってしまう」

「そんな――なんとかならないのか!」

青は多聞の腰の小太刀を見た。折れてしまった自分の小太刀の代わりに、今は常に青が寄越した銀色の小太刀を差している。

「それで斬るしかない、多聞先生」

「斬る？　菊山さんを!?」

「前に大川で蟷螂を斬って女をはがした。あれと同じです」

「――わかった」

菊山は多聞も青も見ていなかった。ただ鹿の輔だけを見てゆっくりと歩みを進めている。鹿の輔は蛇に睨まれた蛙《かえる》のように、身動きもできず立ちすくんでいた。

「ああ、鹿の輔……おまえの足をおくれ。その美しい足を……」

菊山の振り袖が鹿の輔に伸びる。

「菊山さん……」

多聞は小太刀を抜いた。月の光に刀の刃が青白く輝く。

「あなたはあまりにも芸を愛した、舞台を愛した。役者としてそれは尊敬できる。でも役者は人でなければ舞台に立てない」

「鹿の輔……足を……」

「人を捨てるな、菊山さん。戻ってくるんだ！」

銀の小太刀が円を描いて菊山の肩から背中を斬り裂いた。振り袖がまっぷたつに裂け肩から滑り落ちてゆく。菊山の体が弓なりにのけぞった。

「菊兄さん――！」

崩れ落ちる菊山を抱きとめたのは鹿の輔だった。その腕の中でがくりと首を落としている菊山の額には角はない。鹿の輔は自分の着物のたもとで血にまみれた菊山の顔をぬぐった。

白粉も落ちた菊山の顔は、ただの美しい青年だった。

終

「鹿の輔ぇ」

「日本一！」

掛け声が舞台に投げかけられる。舞台の上では鹿の輔演じる清姫が釣り鐘の上で憎たちを睨みつけているところだった。

多聞はそんな鹿の輔の艶姿《あですがた》を桟敷から見つめていた。

「武居先生」

舞台を降りた鹿の輔は楽屋に回ってきた多聞のそばに駆け寄った。

「どうだい、菊山兄さんの容態は」

「うん……変わりがない」

多聞の言葉に鹿の輔の顔が切なく歪む。

「あとでアタシも部屋に行っていい？」

「ああ、もちろんだ」

菊山はあれからずっと意識がない。部屋に寝かせてもう五日だ。世話係として二人の色子を交代でつけている。綿に水を含ませ口に当てて少しずつ飲ませているが、食事をとれなければこのまま衰弱して、早晩命を落とす。

菊山が傷つけたお千夏や濱中は結局訴えを出さなかった。どちらも表沙汰にしたくはないのだろう。

多聞はお千夏に会って菊山が心を病んでいたこと、今は重篤な状態で会えないことを伝えた。

実は今年の秋には婿をとることになっているのだと、お千夏は多聞に打ち明けた。

「最後の思い出に菊さまにお目にかかりたかったんです」

お千夏は目を潤ませながら言った。

「先生にいただいたお薬とてもよく効きました。今は傷もすっかり見えません。でも……」

そっと着物の上から太股を撫で、お千夏は泣き笑いする。

「少しだけ、薬をつけなかったところがあります。そこは小さく痕が残りました。でもこの傷は菊さまがわたしにくださった傷……思い出として残しておきたくて」

恋する娘の熱い思いが多聞の胸を温める。

「菊山が回復したら……舞台に復帰したら、また観においでなさい」

「はい、必ず」

濱中の方へは出向けるわけもなかったが、後日密《ひそ》かに大奥から使いが来た。菊山の容態を聞かれたのでお千夏と同じ話をしておくと、しばらくのち、高峯座に見舞金が送られた。

お千夏も濱中も、真実菊山のことを思っているのだ。

「多聞先生」

夕餉を終えて日課になっている洋書の写しをしていると、縁側に青が薬売りの姿で現れた。木戸の内鍵はかけてあるのにどうやって入ってくるのか不思議だ。

「五日ぶりか？　青」

「そうですね、そのぐらいですか」

不忍池の弁天堂で生成り菊山を倒したあと、そこには菊山とぼろぼろの振り袖だけが残った。

青がその振り袖をとりあげると、振り袖は青くあえかに光を放った。光は丸い玉となり、青の口の中に吸い込まれる。

その後振り袖はまるで灰のように細かく崩れ、風に散っていった。しかし片方の袂だけは青の手に残った。

青はその振り袖を持って姿を消したのだ。

「あの振り袖には菊山の念が強くこもっていました。想像上の振り袖お化けを着物に思い描いていたのでしょう。生成りを促したのもこれがあったからです」

青はそう言うと縁側に腰を下ろし、薬箱も下ろした。ふたを開けて、中から紙包みを取り出す。

「これをどうぞ」

「薬か？　まさか岩の!?」

「いえ、残念ながら」

片膝を立てた多聞はその言葉にしゅんと腰を落とした。

「でもこれで菊山さんを目覚めさせられるかも」

「そうなのか？　それはありがたい」

多聞は両手でその紙包みを受け取った。

「そういえばどうして菊山が目を覚まさないと知っているのだ？」

「なに、噂を拾うのは得意なんです」

「誰にも口外しないように言ってあるぞ」

「噂はなにも人だけがするものじゃありませんよ。屋根の雀《すずめ》や塀の猫からも聞きますから」

青は編み笠をはずし、ぴょこりと三角の耳を見せた。

「だがありがたい。今すぐ薬を試してみよう」

多聞は立ち上がった。青はちらっと廊下の奥に目を走らせて、「こんな夜に外へ出て、また母上さまにしかられるのでは？」と言う。

「菊山の命に関わるのだ、仕方ない。だが、もうお休みになっている母上を起こすこともないからな」

多聞は小太刀を腰にさし、縁側に置いてある草履に足を入れた。

「内緒だ」


菊山が寝ている長屋の部屋に行くと、鹿の輔が来ていた。ちょうど菊山の体を拭いてやっているところだったらしい。

「菊山が目覚めるかもしれない薬が手に入った」

枕元に座り、多聞は鹿の輔に言った。色のない菊山の口を開かせ、丸薬を含ませようとする。

「喉の奥に押し込まないと飲めませんよ」

青が注意した。水を水差しで注いでも口の端から零れてしまう。

「先生、ちょいと貸してくんな」

見ていた鹿の輔がじれて水差しと丸薬を奪った。自分の口に水と薬を流し込み、そのまま菊山の口に押し当てる。

「……」

こくりと菊山の喉が動いた。

「これでいつ効くんだい」

口をぬぐって鹿の輔が聞いた。

「さあ、半刻か一刻か……とにかく待ってみましょう」

三人は菊山の周りで時を数えた。菊山の呼吸はかすかで生きているのかどうかさえ心配になる。

「兄さん……」

鹿の輔は布団にあった菊山の手をとり握りしめた。

「兄さん、弁天堂の前にいたあんたを覚えているよ。とても怖くて美しかった。アタシが動けなかったのは怖かったからだけじゃない。兄さんをずっと見ていたかったたからだよ。あの姿をもう一度見せておくれよ……」

鹿の輔の心からの言葉がとぎれた。菊山の指がぴくりと動き、握られた手を握り返したのだ。

「兄さん！」

薄いまぶたが押し上げられ、菊山の目が弟を見つめる。

「兄さん……っ！」

「また、ないてる……すけ……」

菊山は嗄《か》れた声でささやいた。

「なくんじゃ……ないよ……あたしが、いるだろ……」

「にい――」

鹿の輔は握った菊山の手に顔を押し当てた。熱い涙が手の甲を伝ってやせた腕に流れる。

菊山は目覚めた。高峯座の看板が目を覚ましたのだ。

青空にのぼりが勢いよくはためく。

高峯座の新しい出し物の初興行だ。

看板に躍る題字は「振り袖お化け」。菊山が書いた芝居だ。恨み死にした女形の怨念が振り袖お化けとなって女たちを襲う。それを止めるのは人気女形。客好みの親の因果や欲得、愛憎も絡めて見所のある物語となっていた。

主演はもちろん菊山と鹿の輔だ。

振り袖お化けを鹿の輔、打ち倒す女形を菊山が演じている。

多聞と青は招かれて舞台を観に来ていた。舞台の上では互いに美しい振り袖をまとった菊山と鹿の輔が丁々発止《ちょうちょうはっし》の戦いを繰り広げている。どちらもいきいきと美しい。

「人の美しさだな」

多聞は青にささやいた。

「そうですね、人は美しい」

青もいつもの皮肉は言わず、素直に答えた。

「自然は自然のままで美しい。けれど人は人以上に美しくなろうとする。だから何より強いんでしょう」

多聞はそんな青にほほえんでうなずくと、口のそばに手を当てて声を張り上げた。

「菊山、鹿の輔！　日本一！」

第三話　狐火の夜

きつねびのよる

序

「化け狐！　御用だ！　とっとと縛につけ！」

板橋厚仁がいきなりそう怒鳴り込んできた。

多聞は診療室で患者を診ていたところで、戸の前に立つ厚仁にうんざりした目を向けた。

「なんなんだ、厚仁。診察中だぞ」

「化け狐はどこだ！　多聞」

仁王立ちの厚仁は十手を強く握りしめ、多聞に突き付けた。

「いないよ」

「なんだと!?　隠すといくらおめぇでもただじゃおかんぞ！」

「出かけてるんだ。夕刻もう一度来い」

「わかった！　逃がすなよ！」

そう言うとどかどかと足音をたてて出て行った。一緒に来ていた岡っ引きが「すみません、先生」と頭をさげる。

「なんだったんでしょう？」

　患者があっけにとられた顔で閉められた戸を見た。

「さあな」

「そもそも狐をしょっぴこうなんて、おかしな旦那ですね」

「全くだな」

　多聞は笑ってみせたが、厚仁の様子に一抹の不安を感じた。今までも診察中に飛び込んでくるということはあったが、十手を振りかざすということはなかったのだ。


　七ツ（午後四時）過ぎになって厚仁が庭の方から顔を出した。多聞がもう自室にいると聞いて来たらしい。

「おい！　狐はどうした！」

「まだ戻らない」

　多聞は青から預かっている銀の小太刀の手入れをしていた。夏のこの時期は日が長く、辺りはまだ明るい。刃には午後の柔らかな陽《ひ》が当たって、穏やかな表情を見せていた。

小太刀は拵《こしらえ》こそ銀だが、刃の方は普通の刀の刃らしく、多聞の持っている道具で手入れできた。

「勝手をさせるな！　おめえが飼ってるんだろう!?」

「飼ってない。あれは友人なんだ」

打粉で刃にぽんぽんと細かな砥石《といし》の粉を打っていく。両面に粉をかけたら静かに紙で拭い取る。

「友人だとぉ！　あいつが俺と同じだっていうのか！」

「そうだよ。おまえだって首に縄をつけられて庭につながれていたくはないだろう」

「馬鹿言え！　俺とおまえは竹馬の友だぞ！　ガキの頃から同じ手習い所で勉強して家にも行き来して……それとあんなぽっとでの化け狐と」

厚仁は納得いかんと縁側を拳で打つ。多聞は無視して手入れを進めている。

最後に油塗紙で油を薄く塗り、多聞は刀を鞘に戻した。

「情の深さに時間は関係ないと思うが」

ようやく先ほどの返事をする多聞に、厚仁は歯をむいた。

「のんきなこと言ってるな！　あいつ、ついに化け狐が正体を現しやがったんだよ！」

「どういうことだ？」

小太刀を母親に見つからないよう文机の下に隠し、多聞はようやく厚仁に向き合った。

「このところ浅草の周辺で立て続けに人が襲われて殺されているんだ」

厚仁も少し落ち着いたのか、縁台に腰をおろす。

「殺されている？　穏やかじゃないな」

「ひいふうみい、ともう四人だ。その現場に狐のような化け物がいたって言うんだ。あの化け狐に決まっている！」

昨日の夜のことだ、と厚仁は話し出した。浅草の料亭に呼ばれた幇間《ほうかん》が、うまい料理と小粋な姐《ねえ》さんたちのもてなしで、すっかりできあがった旦那を店まで送っていった帰り道。

「旦那は酔っぱらっていい機嫌かもしんねえけど、あたしは素面《しらふ》で一人道。ぶるる、最近通り魔が出るって言うじゃないか、襲われたら化けて出てやる」

そんな大きな独り言を言いながら、暗い夜道を歩いて帰った。そのとき笛の音を聞いたという。

ピィ――、ピィ――とか細くとぎれとぎれの笛。座頭が客を呼ぶために吹くにしては音が小さすぎるし、どうにも気持ちが悪い途切れ具合に、足は早く逃げ出したがったが好奇心は抑えきれず、音のするほうにこっそりと行ってみた。

「そこで何を見たと思う」

厚仁は大きく目を開き、多聞に顔を近づけた。

「知らんよ」

多聞はその顔を手のひらでぐいと押し返す。

「男がいたんだ。しかもその男の首はちぎれかけていた」

声をひそめ、はあはあと息を荒らげる厚仁に、多聞は顔をしかめた。

「男の首から漏れる息の音がピイ……ピイ……と笛のように鳴っていたって言うんだ。ああっ、おっかねえ！」

自分で話して怖がっている。幇間は商売柄話し上手だ。さぞ怖がりのこの男を震え上がらせたことだろう。

「その幇間が狐のようなものを見たと言っているのか？」

「ああ、幇間の野郎はその男を見て腰を抜かしながら地面を這って逃げた。その目線の先に、屋根の上を走る狐みてえな尾の太い獣を見たって証言している」

「夜なのに、見えたのか？」

「星明かりだよ！　影になって見えたっていうんだ！」

厚仁は唾を飛ばす。話の脆弱性《ぜいじゃくせい》を勢いで押し通すつもりだ。

「じゃあ青かどうかわからないじゃないか。そもそも青は昨日俺の部屋にいたからな」

「夜中だぞ！」

厚仁は食いつくような勢いで怒鳴った。

「部屋で寝てたよ」

「化けもんと一緒に寝るな！」

厚仁はじたばたと足で地面を蹴った。まるで駄々っ子だ。

「――青は人を襲ったりしないよ」

多聞は興奮する友人をなだめるように静かに言った。

「証拠はねえだろ、おまえが見てないところでなにをやってるか、わかんねえじゃねえか」

「青が人を襲っているという証拠もないだろう」

「だから狐を見たっていう証言が」

厚仁の言葉に多聞はため息をつく。

「江戸にどれだけ狐がいると思っているんだ？　厚仁」

「化け狐がそうそういるわけねえだろう！」

互いに一歩も引かずに睨み合う。

「わかった、そんなに言うなら俺にも考えがある」

やがて多聞が両の膝に拳を乗せて背を伸ばした。

「な、なにをするつもりだ？」

厚仁がちょっとびくつく。幼なじみの子供の頃から、厚仁は喧嘩で多聞に勝ったことはなかった。

「俺が真の下手人を見つけてやる」

「ど、どうやってだよ」

「今日から夜中に浅草辺りを見回る。それでどうだ」

「なんだって？」

「……当然俺もお供しますよ」

言いながら青が薬売りの姿で石灯籠の背後から現れた。厚仁は仰天して縁側からずり落ちる。

「てっ、てめえ！」

「青、いつからいたのだ」

多聞は呆れた顔で言った。

「板橋さまがいらっしゃったときにはもうここで寝てましたよ」

青がしゃあしゃあと答える。

「ば、化け狐！　御用だ！」

地べたに尻をつけたまま、厚仁が十手を向ける。青は編み笠を指で押し上げ、色のある目で流し見た。

「多聞先生と一緒に俺も見回りますよ。ご心配なら板橋さまもどうぞ。俺だって無実の罪でしょっぴかれたくはありませんからね」

「うぬぬ……」

厚仁は多聞と青を交互に見て、うなり続けた。

一

多聞と青は厚仁と一緒に夜の町を歩いていた。厚仁は龕灯《がんどう》と呼ばれる照明を持っていた。足下を照らす提灯と違い、前方だけに光を届けるものだ。

亥《い》の刻（午後十時）を過ぎた夜の町は真っ暗だ。真ん中に突き抜けて背の高い多聞を挟み、拳二つ下げた位置に厚仁の頭、さらにひとつ下げて青の編み笠の三人が、光の後ろにいる。

「襲われた人々になにか共通しているものはあるのか？」

多聞が聞くと厚仁は首を振った。

「いや、会合帰りの商家の旦那や夜回りの町内のもの、家に戻る途中の酔っぱらいといろいろだ。そうだ、侍もいた。家のもんにも聞いたがその四人は誰も知り合いじゃねえ」

「つまり出会えば誰でも見境なしというわけか」

「そうだ。いかにも畜生の所行だろ」

厚仁はじろりと編み笠の青を睨む。青は知らぬふりで前を向いていた。

「殺され方はどうなんだ?」

「いずれも首筋を嚙み切られている。最初は犬に襲われたのかと思っていた。だが、傷の割には着物や顔は血で汚れてねえ。どの仏さんもきれいなもんだ。現場にも血のあとはほとんどなかった」

ふむ、と多聞は考えこんだ。首は出血の多い場所だ。なのに血が残っていないというのは理屈に合わない。

「青、そういう殺しをするものに心当たりはないか?　つまり……あっちの方で」

「化け物関係で?」

多聞が言葉を濁したのに、青は平気で言う。

「そうですね。……血で汚れてないと板橋さまはおっしゃった。もしかしたら血をすすっているのかもしれませんね」

「血をすする？」

「以前、南の方へ行ったとき、山の中で何人も人が死んだ出来事に出くわしたことがありますす。傷はひとつもなくて、みんなひからびたようになっていた……」

青はにやりと意地の悪い笑い方をして厚仁を見た。

「どう思われます？　板橋さま」

「ど、どうって……つまり血を吸われて……？」

「はい。下手人の正体は蛭《ひる》の化け物だったんですよ」

「うえ……」

厚仁が泣きだしそうな顔になった。

「背中に張り付いて毛穴からちゅうちゅうと……」

「ひいいっ！」

青が楽しそうに厚仁を脅しにかかっているので、多聞は編み笠の上を拳で軽く叩いた。

「噛み切られたという傷は確かに動物がつけたようだったのか？」

多聞が聞くと耳を覆っていた厚仁は涙目で、

「医者がそう言うんだ。傷口はぐちゃぐちゃで刃物じゃないって。だがそれにしてはまったく血が飛び散っていないと……ほんとに血をすすっていやがるのか」

「たくさんある筋のひとつですよ」

「筋だと？　化け狐のくせして人並みな口をききやがって」

厚仁は怒ると元気が出るらしい。大きく手を振ってずんずん先に進んでしまう。多聞は青と顔を見合わせ、こっそり笑い合った。

その夜は一刻ほど回ったが、変わった出来事もなく終わってしまった。多聞はまた明日見回ろうと厚仁と約束して自宅へ戻った。

「こんな町中で蛭の化け物というのは腑に落ちんな」

帰り道、多聞は青に話しかけた。

「他に何か心当たりはないか？」

うーん、と青は夜空を見上げて考える。

「血を吸うとなるとあとは蚊や蜘蛛《くも》くらいですかね。やはり南方には血を吸う蝙蝠《こうもり》というのもいるそうですが」

「蝙蝠が血を吸うのか」

多聞は驚いた。江戸の町にも夕方になれば蝙蝠が飛ぶ。蚊を食べてくれるし、蝙蝠の一字「蝠」が「福」に通じると、縁起のよい生き物だと言われているのに。

「聞いた話ですよ、俺も見たことはありません。ただ今回のは、狐のような、という目撃談があるので気になります」

青は顔をあげた。編み笠の下から闇を透かし見ているようだった。


二日目、三日目ともに多聞たちの夜回りは空振りだった。だが、三日目に、見回っていた浅草ではなく、川を越えた本所で男が襲われて殺された。本所は多聞の住む松倉町とも近いので驚いた。

近い時刻だったので厚仁は地団駄踏んで悔しがったが、それにより、厚仁と一緒にいた青の仕業ではないと証明された。

四日目の朝、多聞は昨日死んだ男の体を診た。首をひと噛み、他に傷はない。傷口の皮膚と肉は確かに獣が噛みちぎったように無造作にぎざぎざとしていた。

現場にも着ているものにも血の痕はない。その顔は恐ろしいものでも見たように、恐怖に目が見開かれていた。

「いいか？　厚仁」

多聞は厚仁に許可をもらい、死んだ男の腕にメスを入れた。長崎で世話になった外国人医師からもらったもので、かみそりより深く切ることができた。

「……」

腕の内側、血管が走っている場所を切ったのに血は出なかった。肉を開いても薄くにじむだけだ。

「これは……」

厚仁が吐き気をこらえたのか口に手を当てた。

「青が言ったように血を抜かれている」

傷口から吸い上げたのだろうか？　だとしたらただの動物や人の仕業ではない。こんな雑な噛み傷から血を零さずどうやって吸い上げるのか。

「化け物なんかいるわけねえ！　きっと逆さ吊りにでもして血を搾ったんだ、そうに違いねえ！」

厚仁が強情に言い張った。

「だとしたら青を化け狐という理由だけでしょっぴくのはやめるんだな？」

「うう……」

悔しそうな顔で厚仁がうめく。

「まあ、あいつは一緒にいたしそういう意味ではな、今回の下手人じゃねえだろうよ」

しぶしぶといった様子で認める。

「わかってくれてありがたい」

死体のそばから立ち上がった多聞に厚仁は頭をさげた。

「なにはともあれ、今まで見回りにつきあってくれてありがとうよ、多聞」

「なにを言ってる。今夜も行くぞ」

多聞は厚仁の肩を軽く叩いた。

「え？　でも、あいつの疑いは晴れたんだから別に来なくたっていいんだぞ」

厚仁はうろたえた顔を作ったが、声音は少し嬉しそうだった。やはり一人で回るのは心細かったのだろう。

「いや、こんなまねをしでかすものを放ってはおけない。これは岡っ引きや同心が捕縛できるたぐいの相手じゃない。きっと青の知識や俺のもつ小太刀が役に立つよ」

「そう言われると俺としては複雑だが……まあ無理のない範囲で頼む」

多聞はうなずいて血を抜かれた死体を見た。白を通り越して青黒く見える死体は人形のように見えた。


その夜、再び多聞は青や厚仁とともに夜回りに出た。

昼間の熱が地面のそこここから吹き出してきているような生暖かな空気の中、聞こえるのは自分たちの草履の音だけだ。

「今日は虫の声も聞こえねえな」

厚仁が気味悪そうに言う。

「最近は夜に外を出歩く人も少なくなったそうですよ」

青がそう言って辺りを見回す。通りに面した店は、みなしっかりと戸締まりしている。

「居酒屋や料亭なども、早めに看板を下ろすとか。早いとこ下手人を見つけないと、そういう店からつきあげをくらいますよ」

「わ、わかってらあ」

大店の並ぶ通りを過ぎて川の方へ向かう。大川土手でも今まで二人ほど襲われていた。

「吾妻橋まで行ったら橋を渡って浅草のほうへ行こう」

月も温い夜気に浸かっているかのようにぼんやりと空ににじんでいる。大きな月だったが、そのためあまり明るくはなかった。

吾妻橋を渡り再び町中に入ったとき、不意に青が顔をあげた。

「人の声だ」

「え？」

多聞は耳に手を当てた。一呼吸遅れて小さな悲鳴が聞こえた。

「こっちだ！」

青が先に駆け出す。

「こ、こら、待て！　勝手に行くな！」

青を追って多聞も駆けだしたあとを厚仁が怒鳴りながら追う。

路地を曲がったところに天水桶《てんすいおけ》が積んであり、その前に人影が見えた。追いついた厚仁が龕灯の灯りをその影に向かって突き出す。円い光の中に浮かんだのは――

「げっ！」

厚仁はとと、と足踏みをした。光の中で、男が一人、がくりと仰のいている。その首はほとんどちぎれかけていて、文字通り、首の皮一枚でつながっていた。

首からは血が吹き出しているが、それはまるで赤い紐のように見えた。その紐は男の胸の上に乗っている、太い尻尾を持った獣のとがった口の中に吸い込まれてゆく。

「き、き、狐だ、化け狐だ……！」

厚仁はへたへたと地面に尻をつけた。

「違う、厚仁よく見ろ、狐じゃない」

多聞は厚仁の持つ龕灯の光を相手に当てた。

それは襲われている男と同じくらいの大きさの獣に見えた。狐のような長い口吻と大きな三角の耳を持っていたが、首から下は毛皮のない、猿――いや、むしろ人の姿のようだった。

肩や腕にたくましい肉がつき、胸も張りがあった。だが胴体は蜘蛛のようにくびれ、腰から下はゴワゴワとした毛の生えた獣の足だ。尻尾はそこから伸びてだらりと地面の上に這っていた。

「き、狐じゃなくても化け物には違いねえ……」

「厚仁、しっかりしろ！　相手は化け物じゃない、ただの人殺しだ！」

多聞の声は気絶しかけていた厚仁を叩き起こした。

「ひとごろし」

「そうだ、人殺しなら捕まえなければ！」

「お、おう！」

人殺しという言葉が板橋家の体に流れる同心の血を燃やしたか、厚仁はなんとか多聞にすがって立ち上がった。

「ご、御用だ！」

化け物は血を吸い込みながら、ちらっとこちらに目を向ける。目つきは白目の部分が多い、人間のようだった。目撃されているというのに、それは血を吸うのをやめる気配は全くなかった。

「青」

多聞は背後にいる青に声をかけた。

「やつの気をそらせられるか？　なんとかあの人を救い出したい」

「む、無理だ、多聞。あの様子じゃ助からねえ！」

青の代わりに厚仁が叫んだ。確かにもう首がぶらぶらしている状態では命はないだろう。だが、そのままにしてはおけない。

「どうだ、青？」

多聞はもう一度言ったが青の返事はない。龕灯の陰になって青の姿は多聞には見えなかった。

「青!?」

「……わかりました」

小さな声が聞こえ、多聞はほっとした。

「行きます。強い光でもってやつの目を眩《くら》ませますから、俺が声をかけたら目を閉じてください」

そう囁くと、青は臆することなく化け物の前へ飛び出した。その途端、化け物の尻尾が風を切って青に叩きつけられる。だが、青はそれを身軽にかわすと、懐からなにか取り出した。

「多聞先生！」

青の声に多聞は厚仁の顔を手のひらで覆い、自分は目を閉じた。その目の裏でもわかるほどの光が弾《はじ》ける。獣の悲鳴が聞こえ、目を開けると、血を吸われていた男が地面に投げ出されていた。

「今だ！　厚仁」

多聞と厚仁は男に駆け寄り、その体をひきずった。嚙みちぎられた首からはまだ血が出ている。多聞は懐からさらしを取り出し、それで傷口を覆った。胸に手を当てるとまだかすかに上下している。

「ウウウ……」

獣は人のような両手で目を覆っている。青が言ったとおり、強い光を放つものを投げたらしい。

「化け物！　御用だ！」

すっかり意気地を取り戻した厚仁が刀を抜いて獣に飛びかかった。

「ガアッ！」

獣の尻尾がその刃を撥《は》ね除《の》ける。厚仁は弾き飛ばされ地面に転がった。

「厚仁！」

「だ、大丈夫だ！」

厚仁は飛び起きるともう一度刀を構えた。

「ウウ……おのれ」

獣がこちらに向き直った。目を何度か瞬《またた》かせ、厚仁、多聞、そして青を睨みつける。青を見たときに、その目が大きく見開かれた。

「ほう……」

獣が口を嗤いのような形に歪めた。

「兄弟……しばらくぶりだな……」

はっと多聞は傍らに立つ青を振り仰ぐ。編み笠の下の青の顔には表情はなく、美しい人形のようだった。

「おまえ、また人間の味方をしているのか」

獣が嘲る口調で言う。

「……二本目、甦ったのか」

青は多聞が聞いたことのないような低い声を出した。

「青?」

獣は肩を揺すって「ゲッゲッゲ」と笑う。

「まだ本調子じゃない……あと百人は喰《く》わなくては。おまえも手伝え。そうしたら裏切りは許してやる」

裏切り?　青はこの化け物の仲間だったのか!?

多聞は青と怪物を見やった。青は硬い表情で化け物を睨みつけている。

「ふざけるな」

「同じ尾から分かれた眷属《けんぞく》ではないか……おまえも人の振りをして……油断させて喰うつもりなのだろう？」

すぐそばで厚仁が息をのむ声が聞こえた。見つめている多聞の目を青が見返す。その目が金色に輝いているのを見て、多聞は思わず目をそらした。

「……おまえは殺す」

青はそう言うと獣に飛びかかった。青の手が触れるまえに獣もまた跳躍し、離れた場所に着地した。

「待て！」

「ゲゲゲ……！」

嗤い声を残し獣が闇に消える。そのあとを追おうとした青の手を、多聞はとっさに摑んだ。

「行くな！　青」

青は振り向き、痛みをこらえるような表情になった。

「多聞先生……俺は確かに、あの化け物の兄弟なんですよ」

「てめえ、やっぱり！」

厚仁が刀を向ける。

「多聞の命を狙ってやがったのか！　俺の友を誑《たぶら》かしやがって！」

「厚仁、やめろ！」

多聞は青の前に立ちはだかり、厚仁の刃に自分の体をさらした。

「どけ、多聞！」

「だめだ、青の話を聞け！」

多聞は厚仁の刀が触れる寸前まで身を進めた。

「多聞先生……」

青が自分の腕を摑んでいる多聞の手に触れた。

「いいんですよ、先生だっておっかないんでしょう？」

揶揄《やゆ》するような言い方に、多聞は振り向いて青の顔を見た。青は張り付いたような笑みを浮かべ、首を振る。ちっとも力が入っていないのに、多聞は青に押されるままに手を離してしまった。

「俺は九本目の尾なんです……」

「なんの、ことだ」

だが青は多聞には答えず、背を向けて夜の町へ駆けだした。

「あ、青！　戻れ！」

多聞は叫んだ。だが、その声もまた闇の中に呑まれていった。

二

青が帰ってこない。

今までも出掛けたまま戻ってこないことはあった。だが、多聞は昨夜の青の後ろ姿が忘れられない。

どうしてあのとき、青から目をそらしてしまったのだろう。

あの化け物の言ったことを真に受けて、一瞬でも青を疑ってしまった自分を、彼は気づいてしまったのか。

自分の中に不安が、恐れがあったことが許せない。

厚仁も来て、「青はいねえのか」と申し訳なさそうな顔をしていた。あのときの厚仁はおそらく混乱していたのだ。自分でも言い過ぎだったと反省しているらしい。

「青が来たら謝っておいてくれ」とまで言った。

昨日助けた男は結局あのまま死んでしまった。血の全てが化け物の糧にならなかっただけよかったのかもしれない。

日が暮れる。また夜になる。

自分たちの怯えが青を闇の中に追いやってしまった。今も一人きりで走っているような気がする。

西の空を真っ赤に染める溶けた鉄のような夕日を見ながら、多聞は青の無事を祈った。


青が戻らず三日が過ぎた。

その間も化け狐による事件は続いていた。一夜に一人、人が殺されている。血を抜かれているというのも、すでに世間には知れ渡っていた。

江戸の町は化け狐の噂でもちきりだった。

その日、多聞は大川の向こうの橋町へ行った帰りだった。

厚仁の母親、世津《せつ》の容態を診に行ったのだ。世津はすっかりやつれており、腹にできた腫瘍だけが大きくなっている。まるで腫瘍が彼女を苗床に育っているようだった。

助からない病人を前に明るく振舞うのは辛い。自分の無力を思い知らされ、打ちのめされる。だがもっと辛いのは厚仁であり、当の世津だと、多聞は気力を振り絞っていた。

西日が大川の表面をきらきらと赤く輝かせている。心は悲しみに痺れていても、その美しさはまだ感じ取ることができる。多聞は足を止め、しばし流れに見惚れた。

「青と出会ったのもこの辺りだったなあ」

あれからすっかり多聞の日常は変わったが、まだ半年と経っていない。だが、青のいない数日はずいぶん長く感じられた。

「わあっ」と不意に人がはやし立てるような歓声が聞こえた。目をやると、四、五人の男たちが河原にたむろしていた。手に太い棒や麻袋を持っている。

彼らの足の間に黄色く太い尻尾が見えた。多聞は驚いて土手を駆け下りた。胸の内に青の姿が浮かぶ。

「おい、なにをしている！」

大声で呼ぶと、男たちが輪を解いた。足下には二匹の狐が血を流して倒れている。

「これは――どうしたのだ」

多聞はしゃがみこんで狐を診た。一匹は頭を割られもう息がない。もう一匹は弱々しいが呼吸をしていた。腹を殴られたのか口から血の泡を吹いている。

「狐狩りでさ」

裾をまくりあげ、頭に鉢巻を締めた職人風の男が自慢げに言った。

「化け狐が町を荒らしてるんだろ、こいつらはその仲間だ」

腹掛けだけをつけて尻がむき出しの大工風の男も笑う。多聞はかっとなって立ち上がった。

「違う！　江戸を荒らしているものは真の化け物だ。狐はただの動物だ。お主らがしていることはただの弱いものいじめだ！」

多聞の勢いに男たちは押されるように後退した。多聞はその男の一人が持っている麻袋がごそごそと動いていることに気づいた。

「その袋はなんだ？」

「これですかい」

男は袋の口を少し開けた。覗いてみると子狐が二匹入っている。狐たちは口を大きく開き、唸って威嚇した。

「こいつらの子供みたいでね。子供を先に捕まえたら、逃げずに向かってきたんですよ」

多聞の姿からお医者だと見当をつけたのか、男たちの言葉使いが丁寧になった。

多聞は子狐たちも怪我をしているのを見てとった。

「――死んだ狐を埋めてやってくれ。あと、この怪我をしている狐と子狐たちを俺の家へ運んでくれないか」

怒りを堪《こら》えながら多聞が言うと男たちは顔を見合わせる。表情に不承の色が出ていたので、多聞は懐に手を入れいくばくかの銭を出した。

「手間賃だ、頼む」

二人の男が狐を埋めるために河原に残り、二人が多聞と一緒に狐を抱えて家までついて来てくれた。

「まあ、多聞！」

玄関に迎えに出てきた母の多紀は露骨に嫌悪を表した顔をした。

「また狐を持ち込んできたのですか！」

「死にかけています。治療します」

廊下を進む多聞を多紀は追いかけて腕を摑んだ。

「やめなさい、貴重な薬を使うのでしょう!?」

「彼らは人によって傷つけられたのです。ならば人が治さなければなりません」

「多聞！」

母がかなきり声をあげるのを無視して、多聞は親狐と子狐たちを診療室に運んだ。

「すまなかった。おまえの夫は助けられなかった」

生き残っていた親狐は雌だった。多聞は謝りながら母狐の体を診た。内臓を打っているらしいが中で破裂などはしていないようだ。前足が折れていたので添え木を当てる。しばらく安静にしていれば治るだろう。

子狐たちも木の棒でさんざん叩かれたらしい。一匹は目を傷つけられており、これはもうだめだった。眼窩《がんか》の中に残っていても腐ってしまうので、多聞はそれを取り出してやった。

「すまなかった……」

涙が出てきた。ひどい状態の患者もさんざん診てきている。だが、人の悪意で傷つけられたものを見るといつも泣けてしまう。とくに弱いものや小さいものは多聞を泣かせる。

今もこの震える小さな狐を抱いていると、彼らに向けられた憎悪や、彼らが受けた恐怖が感じられて自分も体が震えてしまう。

なぜ人は自分の不安や恐怖を弱いものに向けてしまうのだろう。真実を知ろうともせず、手近なものに怒りをぶつけるのだろう。

「人を許してくれ」

母狐はぐったりしていたが子狐たちは元気があり、治療中も暴れていた。片目の狐などは多聞の手を噛んだが、多聞は痛みに耐え、治療を続けた。

多聞は狐たちを、青をそうしたように自室に連れてきた。子狐たちは逃げだそうとするので首に縄をかける。

鶏肉を出してやると、子狐たちは先を争って食べた。

「町中で放すとまた捕まるかもしれん。夜中に大川まで連れていってやる。もうしばらく待っていろ」

目の前でしゃがんでそう言うと、子狐たちは不思議そうな顔をして多聞を見上げた。

いつものように写本をしているうちにうたた寝してしまったようだ。多聞は本に伏せていた顔をあげ、狐の様子を見た。

三匹は身を寄せあい、丸まって眠っていた。

(今、何刻だ？ もう外へ出てもいいだろうか？)

木戸も閉まっているだろう。木戸番に訳を話せば開けてくれるだろうか？ 大川に狐を放しに行くと言ったらきっと呆れることだろう。

(放すと言ったが……母狐はしばらくうちで安静にさせるか？ いや、子狐たちが不安がって戻ってきたらまた捕まる。三匹一緒に置いておくか、それとも大川に放して俺が様子を見に行くか……)

どうしようかと迷い始めたとき、子狐の一匹——片目を失った方だ——が目を開けて首を伸ばした。

たったひとつきりになったが、聡明《そうめい》そうなまなざしをしている。

多聞は子狐に近寄り、その前に手をついた。

「おまえの父を救えなくてすまなかった。母の傷はしばらく安静にしていれば治る。おまえの目も片方なくしてしまったな。力及ばず申し訳なかった……」

普通の狐に言葉が通じるとも思えなかったが、いつもこうやって青に話しかけていたのだ、通じなくとも敵意はないとわかってもらいたい。多聞は穏やかな口調でゆっくりと話した。

多聞の謝罪に子狐はじっと耳を傾けているようだった。

「おまえたち、うちにしばらくいるか？　母の傷が治るまで」

そう言うと狐はぷいと横を向いた。その仕草はいやだと言っているようだった。

「ではやはり川に戻るか」

今度はこちらを向く。ちゃんと聞いているのだな、と多聞は嬉しくなった。

「では川に連れていってやる。そうだ、おまえたち青を知らないか？　狐にも人にもなれる千年狐だ。もし青に会ったら戻ってきてくれるように伝えてくれないか。俺が悪かったと」

行灯の灯りに狐の目が琥珀色《こはくいろ》に輝いている。青の目は金色だったな、と多聞は思った。いつもきれいだと思って見ていたのに、なぜあのときだけ恐ろしく思えてしまったのだろう。

「青は……俺の友人なのに」

ぴくり、と狐の耳が動いた。眠っていたもう一匹の子狐も目を開けるとさっと首を起こす。母狐も身じろぎした。

「むこ」

多聞も振り返った。庭に面した障子の向こうが明るくなっている。たくさんの火を焚《た》いているような明るさだった。

「火事か！」

多聞は立ち上がると急いで障子を開けた。

「なに……」

そこには鬼火があった。青い火、赤い火、白い火と、いくつもの火が地面の上に浮かんで漂っている。

火の玉は熱もなく、上下にゆっくりと伸び縮みしている。庭の木々がその火に照らされて、複雑な陰影を広げていた。

「これは」

その鬼火の前にすうっと影が伸びてきた。黒い影は地面からはがれるように起きあがると人の姿になる。いや、それは人ではない。

狐の顔に狐の体、しかしかみしもを着け袴をはいた人の格好だ。腰には二本の刀も差している。

見ているうちにまたひとつ、影が出来、狐が現れる。

もうひとつ、さらにひとつ。

鬼火の数だけ狐の姿が現れた。狐たちの顔は火に輝き、白く浮き上がって見えた。

「……」

異様だが、先夜の化け物のような禍々しさは感じない。彼らが全員、両手を袴の前に置き、頭を垂れて律された態度をとっているからか。

一匹、他の狐たちより体の大きなものが現れた。身に着けている衣服も上等に見える。狐たちの中でも身分の高いもののように感じられた。

それは前に進むと多聞に向かって頭をさげた。

「我らは王子稲荷《いなり》の狐である」

「王子稲荷……」

その言葉に多聞も畳の上に正座した。王子稲荷、それは飛鳥山《あすかやま》の向こうにある関東の東全域を束ねる稲荷だ。多聞も子供のころ、母と一緒に詣でたことがある。

大きな鳥居をくぐり、石段を上った先にある赤いお堂。まっすぐで背の高い杉が何本も立って、青々とした匂いを漂わせていた。狐の紙人形を買ってもらった思い出がある。

その王子稲荷の狐。となれば相手は神の使い、敬意を払って対峙せねばなるまい。

「このたびは眷属を助けていただき、感謝する」

大きな狐の言葉に他の狐たちも頭をさげた。多聞はその様子に圧倒され、急いで両手をつき、頭をさげた。

「いえ、私の力及ばず、子らの父を死なせてしまいました」

その多聞のそばに子狐が寄ってきて、すり、と頭を膝にこすりつける。縄でつないでいたのだが、それはすでに外れていた。

敵意を表さない子狐たちに、多聞は申し訳なく思い、そっとその頭を撫でた。手の下のほのかな体温に心が温かくなる。

「三匹が無事だったのはそなたのおかげ。王子を代表して礼を言う」

「そう言っていただけると……少しは心も軽くなります」

「そのものらは我らが預かろう」

多聞を見ていた大狐は両手を広げて子狐たちを招いた。

「迎えにこられたのか」

「そうである」

子狐と母狐はよろよろと覚束《おぼつか》ない足取りで畳の上から縁側に移動した。縁側から降りるときには他の狐たちが手を貸してやる。

「よかったな」

多聞は子狐に声をかけた。片目の狐は一度振り向き、それから大狐に顔を向け、なにかを伝えるように口を動かした。大狐はうなずいた。

「このものらを助けてくれた礼をしたい。そなたの願いを叶えよう」

大狐は重々しく言った。

「私の願い？」

「青という千年狐の行方を知っている」

「えっ」

多聞は思わず片膝をたてた。

「どこだ!?　青はどこにいる！」

「あの千年狐は手傷を負っている」

大狐の言葉に多聞は胸をぎゅっと摑まれたような痛みを感じた。

「手傷……もしかしてあの化け物にやられたのか!?」

「そうだ。アレと戦っていたのを我らの仲間が見ていた。しかし深手を負ってしまった。それを匿《かくま》っている」

狐たちと鬼火が庭に一列に並んだ。そんなに広い庭でもないのに、鬼火はずっと先まで灯っている。

「この火を辿ってゆくがよい」

大狐が厳かな声で言う。多聞は庭に降り、鬼火の先を見た。真っ暗な闇だ。どこへ続いているともわからない。

「恐ろしくなければ向かうがよい」

狐たちの姿はもうなかった。ただ火だけが揺らめいている。多聞は歩き出した。

「恐ろしくなどない」

呟いて闇の先を見る。

友人を失うより恐ろしいものなどないのだ。


青い火、赤い火、白い火が交互に灯る暗い道を多聞は歩いていった。灯りは右側にだけあり、足下は照らさない。踏んでいる道は草むらなのか砂利なのかもわからない。草履の裏の感触は、ただ真っ平らに感じられた。

やがて火の道の終わりに着いたとき、そこに誰かがうずくまっているのが灯りに浮き上がって見えた。

「――青？」

白い羽織を頭からかぶり、青が丸くなっている。葦《あし》の茎で鳥の巣のような丸い寝床が作られ、体の下にはふわふわとしたガマの穂が敷かれていた。

「青！」

駆け寄ると青は人の姿だった。体中あちこちを切り裂かれ、縞の着物もずたずたになり、血塗れだった。

「青、しっかりしろ！　あいつにやられたのか!?」

「……ほっといてください」

青は腕で顔を隠して言った。

「言ったでしょう？　俺はアレの眷属なんですよ」

多聞はその腕を取り、むりやり顔を自分に向けさせた。

「おまえがなんだろうとかまわない。俺はおまえが友人の青であることを知っている。それだけだ」

「……」

青が薄い色の目を大きく見開く。揺らめく狐火にその瞳は金の光を跳ね返した。

「俺があいつの言うように……あんたを騙してとって喰うつもりなら……どうするんです」

「そんな人を試すようなことを言うな」

「俺は化け物だと言っているんです」

青は多聞の視線から逃げるように顔をそむけた。

「化け狐なのは最初からわかっている。だからなんだ。人だって同じ人を騙したり殺したりする。血や姿が違っても互いに認め合えればいいだけの話だ」

目を伏せてしまった青を見て、多聞はガクリと首を垂れた。

「おまえを一瞬でも怖がった俺を許してくれ」

そう言って力なく青の腕を放す。青は目を閉じたまま、大きくため息をついて全身の力を抜いた。

「え？」

「あんたは……やっぱり変わったお人だ。それが血なのかもしれないな」

聞き返した多聞に、青は弱々しく首を振る。苦し気な息を聞き、それで多聞は彼が手傷を負っている、ということを思い出した。

「すぐ手当てしてやる」

そう言って多聞ははたと手元を見た。

「ああ、しまった！　道具を忘れてきた！　取りにいかねば」

せっかく会えたのに、手傷を負ったと聞いていたのにうっかりしすぎだ。焦って立ちあがった多聞に、背後から声がかけられた。

「人間。道具ならこちらにある」

そこにはかみしもをつけた狐が立っていた。体の大きさから挨拶をしてくれた大狐だとわかる。大狐は風呂敷に包んだ医療道具を差し出した。

「家からもってまいった。よかったか」

「ああ、助かる！　ありがとう！」

多聞が礼を言うと、大狐は首をかしげ、三角の耳を二度ほど動かした。表情はなかったが、照れているように多聞には感じられた。

周囲の狐火の数が増え、青の体をより明るく照らし出した。おかげで手元もはっきり見え、治療がはかどる。

多聞は青のぼろぼろの着物を脱がせ、傷を診た。大きなものは針と糸で縫い、小さなものには膏薬を貼った。傷は爪や牙でつけられたと思われるものばかりだった。しかし、骨には損傷はなく、傷口さえ塞がれば起き上がることはできるだろう。

多聞は安堵の息をついた。

「青、一人で戦ったのか？」

「アレは俺の敵です。俺が倒すべきものなんです」

全身をさらしでぐるぐる巻きにされた青は、そんな自分の姿を首を持ち上げて見て、情けない顔になった。

「とはいえ、こんな体じゃなにもできない」

「しばらくは安静にしないと」

そう言ってから多聞はここはいったいどこだろうと、今更ながら気になった。

狐火が照らし出すのは岩肌だ。周囲は天井も下も含め、全て岩のようだ。手を伸ばしてみると硬い感触があるので幻などではない。

「ここはどこです？」

多聞は背後に座っている大狐に尋ねた。

「ここは王子稲荷じゃ」

その答えに多聞は仰天した。

「王子!?　馬鹿な。俺の家からだと二里半（十キロ）もある！　ほんのわずかしか歩いていないと思ったが」

「狐の火渡りを使ったのじゃ」

大狐はそんな多聞の驚きをおかしく思ったのか、口調には笑いがにじんでいる。

「そもそも狐が家を訪れたことにも平気なくせに、王子との道のりで驚くとはおかしな人間よの。ここは稲荷の中の狐穴《きつねあな》じゃ」

「狐穴……」

聞いたことがある。王子稲荷には無数の狐穴があり、そこを狐たちが出たり入ったりしていると。そんな狐穴は「お穴さま」とも呼ばれている。

この時代、江戸では稲荷信仰が盛んで、とくに王子の稲荷神社は霊験あらたかで知られていた。すぐ近くには桜で有名な飛鳥山もあり、春には花見の客が押し寄せる。その客目当ての茶屋が軒を並べ、飛鳥山から王子稲荷の道は江戸市中もかくやと思うほどの賑わいだった。

大狐に案内されて穴を出てみると、確かに目の前に王子稲荷神社の真っ赤なお堂がある。その前に大勢の狐たちが集まっていた。かみしもをつけた武士風の狐が多いが、中には振り袖や留袖を着たものもいる。

「我らの眷属じゃ。王子稲荷だけではない、豊川《とよかわ》稲荷、山王稲荷、伏見稲荷……江戸中の稲荷に声をかけておる」

中に片目の狐がいた。多聞が助けた子狐だ。一人前に袴をつけている。子狐は多聞に気づくとぺこりと頭をさげた。

「今、江戸市中を荒らしている化け狐……あれには我らも迷惑をしておるのでな」

大狐が暗い闇に向かって手を向けた。向こうの暗い方が江戸らしい。

「人が狐と見ると追いかけ殺してしまうのだ。このままでは我らも暮らしてはゆけぬ。我らの命と名誉を守るため、なんとかアレを倒したいと眷属に呼びかけた」

「そう、ですね……」

大川で襲われていた狐の家族、きっとあれだけではないのだろう。多聞の知らないところで狐たちは狩られているに違いない。

「そのための術《すべ》を探していた。それでアレと戦っていたものを助けて匿ったのだ」

「ありがとうございます、青を救ってくれて」

「互いの利益が一致しただけじゃ。礼などいらぬ」

大狐はぷいとそっぽを向いたが耳がパタパタとせわしく動いていた。

「あなたがたもあれを化け狐と呼ぶが、そもそもあれは狐なのですか？」

多聞は気になっていたことを聞いた。あの恐ろしい姿は狐と言い切ってしまうには禍々しすぎる。

「うむ。本来ならばあんな化け物と一緒にされとうはないが、あれも、もとは狐じゃ。しかし我らとは生まれが違う」

「生まれ？」

大狐は前足で銀色の髭《ひげ》をしごいた。

「あれは千年もの昔、海を越え、大陸から来た獣じゃ。異国のものじゃ。当時から朝廷へ潜り込むなど、悪さを働いておった」

「大陸……まさか清国ですか」

そういえば青は唐の言葉なら読むことはできると言っていた。まさか別の国の生まれとは思ってもいなかったが。

「はるか古《いにしえ》、大陸の王に取り入り一国を滅ぼした悪鬼よ。酒の池に肉の林を作り、王に進言する忠臣や学者を、火で熱した鉄棒を抱かせ焼き殺した……」

「それはまさか」

その話は聞いたことがある。

殷《いん》という時代、紂王《ちゆうおう》と傾国の美女――いや、稀代《きたい》の妖女、妲己《だつき》の物語だ。酒池肉林という言葉がそれで作られた。妲己は裸の男女を森に放って淫らな遊びをさせ、多くの人を拷問し、その悲鳴を楽しんだという。

国が滅び王が討たれた後は首をはねられながらも生き延びて天竺《てんじく》に渡り、そこでも千人の人間を殺した。そして日本に渡ってやはり宮中に入り込んで上皇をたぶらかした。歌舞伎の演目にもなっている妖狐《ようこ》。

「まさか、――アレの正体は殺生石の九尾の狐なのか」

「その通り」

青の声がした。さらしで体中を巻かれた青が岩肌に寄りかかり、立っている。

「俺たちは九尾の狐のその尾のひとつ。そしてアレは俺が殺したはずの二本目の尾の化身だ」

三

「千年前に唐からやってきた九尾の狐、その実体は九匹の妖狐です」

青は狐穴の巣に戻り、横になった。新しいさらしのあちこちに、もう血が滲《にじ》み始めている。

「俺たちは九匹で一体、一匹で九体でした。俺たちがいつ生まれたのかは前に言ったように覚えていません。でも常に九匹でした。一体になればそれぞれが尾となり共に行動したんです」

多聞には想像もつかないが、青にとってはそれは生まれたときからの自然な姿だったという。

「物語にもある殷や天竺の悪女、それが一匹のしたことなのか全員のことだったのか、もう記憶は曖昧です。ただ、海を越えてこの国にやってきたとき、俺はもう人の中に入り込み悪事を働くのは飽き飽きしていました。この穏やかな国で普通の狐のように野や山を駆けて暮らしていきたいと思っていたんです。実際しばらくは兄弟たちと離れて自由気ままに暮らしていきました」

青は寝床にしているガマの穂を摘まみ、ふっと吹き散らかした。

「俺の兄弟たちは商人として荒稼ぎしたり、海賊になったり……さっき多聞先生がおっしゃった宮中に入り込んで時の上皇に近づいたり。名を玉藻《たまも》と言いましたっけ。歌舞伎の演目にまで出世したやつ。けれど上皇を守る陰陽師《おんみようじ》、安倍泰成《あべのやすなり》が俺たちの正体に気づきましてね、安倍は陰陽の術と兵力を使って兄弟たちを追いつめました。兄弟は守らなければなりません。連絡が来て、俺はしぶしぶその戦いに加勢しました。そのとき陰陽の術のかかった矢に射られ、負傷した俺はある山に逃げのびたんです」

青は少しの間言葉を止めた。遠くを見つめるまなざしは、過去の景色を見ているのかもしれない。

「その山で、小絵《さえ》に……出会ったんです」

吐息のような小さな声だったが、大切なものを呼ぶ色にあふれていた。

「小絵は猟師の娘でした。矢傷のせいで人の姿になれなかった俺は、狐として小絵に助けられました。俺は初めて人の手で傷を癒してもらい、食べ物を食べ、撫でてもらったんです」

先生にしてもらったように……とその視線が語っている。多聞は小さくうなずいた。

「小絵とは三ヶ月ばかり暮らしました。俺は小絵と離れがたくなっていた。傷が治ったとき、俺は自分の正体を明かしたんです」

「正体を？」

「はい」

「小絵どのは驚いただろう」

「そりゃあもう」

青は楽しそうに笑った。多聞も自分が青の正体を知った時のことを思い出して笑った。

「でも小絵は受け入れてくれました。俺は以前から他の尾たちが人の男や女を誑かしているのが不思議でした。なぜ人は狐の言うままになってしまうのかと。でも、小絵と出会って、わかったんです。……愛とか、恋とか……心を縛られることの幸せとか」

青の蕩《とろ》けるような微笑みに、多聞は心のどこかがくすぐったくなり、自然に笑みを浮かべていた。人の幸せな顔を見ると自分も嬉しくなってしまう。

「人として小絵と暮らした日々は短かったけれど幸せでした」

青はその表情のまま目を閉じた。

「短かった……？」

「小絵は——殺されたんです」

目を開けた青の顔からはさきほどの幸せな表情は消え、厳しいものになっていた。

「俺が人間と親しくすることを喜ばなかった他の八尾が、俺の留守に小絵を……っ」

青は胸に巻かれたさらしを摑み、はっはと短い息を吐き出した。過去の悲しみ苦しみが、今も彼を苦しめているのだ。

「小絵は、食われてしまった。髪一筋、骨のいっぺんも残さず！」

なんと言葉をかければよいのかわからず、多聞はただ袴の膝を握りしめて黙っていた。

「俺は八尾を殺したかった。でも、俺は尾の中でも一番末で力も弱い。やつらを殺すことも、小絵を取り戻すこともできない」

「小絵どのを取り戻す？　それは——」

「人は死ぬと魂が輪廻《りんね》します。俺はどうしてももう一度小絵に会いたかった。けれど妖怪に食われた魂は妖怪に取り込まれ、輪廻の輪に乗らない」

青の視線から狂暴な怒りが消え、冷静な落ち着きが上書きされた。

「俺は、俺たちを退治しようとした陰陽師の力を借りることにしました。死ぬ覚悟で安倍泰成のもとへいき、兄弟たちを殺す方法を尋ねたんです。泰成は俺のことを信用してくれました。それで討伐の案を立てた俺たちは兄弟たちを一カ所に集め、その場に陰陽師と兵の集団を突入させることに成功した……」

物語や歌舞伎の話では、九尾の狐が化けた玉藻前は那須野に逃げたという。そこで激しい戦いがあり、敗れた妖狐は毒を吐く殺生石に変化した。

絵物語で知っているその当事者が目の前にいるとは。

千年の歴史が、時間が、ゴウゴウと音を立てて横たわっている小柄な青の中に入っていくのを多聞は幻視した。

「兄弟たちはほとんどがそこで討たれましたが、一体は那須野に逃げ込み、多聞先生もご存じの殺生石になった。これで小絵の魂は輪廻する……ところが思いもかけないことが起こってしまった。兄弟たちの魂を封じて浄化するつもりが、その魂は小さく分裂し、国中に散ってしまったんです。その中には確かに小絵の魂も取り込まれていました」

「国中に……」

「陰陽師が言うには、妖狐たちの小さく砕けた魂は、きっとその地の気や人の念を取り込んで妖怪になる。それらをすべて倒して魂を取り戻さなければ、小絵を救うことはできないと」

「あ……」

多聞は青が妖怪を倒したあと、光の玉を飲み込んでいたことを思い出した。あれがそうなのか。

「俺は決心しました。邪悪とはいえ八尾の兄弟たちを殺した罪は罪です。そのための罰を受けるべきだと。兄弟たちの魂を集め、小絵の魂を集め、俺の手で浄化することが俺の償い。そしていつか生まれてくる小絵と再び巡り会おうと」

「それで千年……」

多聞は果てしない時を思ってため息をついた。

「千年、旅を続けてきたのか、魂を取り込んだ妖怪を退治しながら」

なんと途方もない旅なのだろう。しかもその旅を終えたのち、小絵が生まれ変わるあてなどないのに。

草を寝床に、石を枕に、人の姿であるいは狐の姿で乾いた道を歩いたのか、積もった雪に熱を奪われ、踏みしめ、踏みしめ、歩いてきたのか。

なんとつらい、孤独な旅だ。

「多聞先生……」

青が多聞を見上げ、少し驚いた顔になる。多聞の目から涙があふれていたからだ。

青の長い旅を思って多聞は泣いた。

ぽろぽろと涙をこぼす多聞の膝に、青はそっと手を伸ばした。

「お優しいんですね」

「ばか、そんなんじゃない」

多聞はごしごしと目を拳で擦った。

「でも、一人じゃなかったんですよ」

青は慰めるように言って、頬に小さな笑みを浮かべた。

「安倍泰成が自分の弟子の一人、安養寺《あんようじ》というものに俺の旅に同行するよう命じました。最初はたぶん監視の意味をこめて」

「陰陽師が旅に？」

「はい。十年、二十年、百年と、安養寺の子孫たちは代替わりしつつ俺につきあってくれたんです。俺をあくまで妖怪とみなすもの、反発するもの、いつも喧嘩腰なもの、そうかと思えば普通の人間のように接してくるもの、俺をかばって死ぬもの……いろんな人間がいました。俺は妖怪を倒し小絵を求めながら、彼らとの旅を楽しんだんです」

「そうか、それは……よかったな」

多聞は青のために喜んだ。短い時間でも青が一人ではなかったことを。青と心を通わせる人間がいたことを。

「けれど時代が下がるうちに安養寺の一族も後継者がいなくなり、やがて消滅します。妖怪を退治する小太刀は安養寺一族にしか使えません」

青が自分では抜けない小太刀、あれは陰陽師の一族の刀だったのか。

「それで俺は安養寺の分家の人間を探しました。安養寺の血が伝わっていれば刀は抜ける。けれど分家の人間たちに俺を助ける義理はありません……それでも何人かは手助けしてくれました。安養寺の人々には変わり者が多い」

それを聞いて多聞は驚いて顔を上げた。武居家の本家は京都だと聞いていたが。

「安養寺の血？　おい、まさか」

青がいたずら小僧のような目つきで多聞を見た。口元にはにやにや笑いが甦ってい る。

「そのまさかです。武居家もその分家のひとつでした。俺はね、あんたの父上にお会いししていいるんですよ」

「あ――」

思い出した。いつも父と一緒にいた白い大きな犬。あれは、犬ではなかったのだ。

「ええ。俺は小さなあんたとも会ってます」

白、と父親は呼んでいた。縁側でよく父は犬と話していた。あれが。

青は手を胸のあたりで水平にすると、

「こんなに小さかったのに、大きくなりましたねエ」

と、感心した顔で多聞を見上げた。親戚一同に会うたびに見る同じ顔を青にもされて、多聞は面映《おもは》ゆかった。

「先代の先生は医者として、家長として、ともに旅に出ることはできないが、いつでも戻ってきていいと言ってくれました。俺は旅をして刀を抜かなくても倒せる相手を片っ端から倒して、疲れたときに先生のもとへ戻ってきていたんです。最後に会ったとき先生は、息子が長崎に修業に行っていると自慢げに教えてくれました。そして見守ってほしいとも」

父親の笑顔を思い出す。長崎へ旅立つときに自分の手を握り、「おまえには守り神がついているぞ」と言ってくれた。ただの励ましの言葉だと思っていたのだが。

「で、ではあのとき、ちょうどよい機で薬をくれたのも、俺を見守っていたからか」

怪我をした大工を眠らせる薬。あれがなければ男は死ぬところだった。

「はい。俺は旅から戻って先生が亡くなったことを知りました。そしてあんたが同じ場所で医者を始めたこともね。あんたを俺の旅に巻き込んでいいかどうか迷っていたんですが……あんたは自分から飛び込んできた」

ふうっと青は天井に目を向けてため息をついた。

「でもね、多聞先生。あんたは俺につきあわなくてもいいんです。安養寺の責任も、もう果たす必要はない。これは俺だけのわがままから始まった旅だから」

「いや」

多聞は青の手を取った。

「俺はおまえにつきあうぞ。安養寺の血とか、そんなものは関係ない。俺はおまえの意気に感じた。おまえの恋に胸を打たれた。人として男として、必ずおまえの思いを成就させてやりたい！　俺の命ある限り、おまえの助けになると誓おう！」

「多聞先生……」

多聞は青の手をしっかりと握り、大きくうなずいた。青は大きく目を瞠《みは》り、そんな多聞を見上げていた。金色の目が夕暮れの川の水面のようにゆらゆらと輝く。

「ありがとうございます」

青は泣かなかったが、その声は湿り気を帯びて掠れていた。

四

青はこのまましばらく王子の狐の世話になると言った。傷が癒えれば狐たちと協力して二本目の尾の狐と戦う。

そのときには俺も駆けつけると約束し、多聞は再び狐の火渡りで自宅へ戻った。

江戸の町には化け狐による被害が続いていた。一晩に一人、あるいは二人。ついには家の中にいるものすら、障子を破って襲われるという惨事が起こった。

そのため江戸の町人たちは暑い夜も雨戸を閉めて過ごすはめになってしまった。

事件を目撃した厚仁が下手人を「狐の装束をまとった賊」と報告したため、奉行所では仮の名として「夜狐面《よぎつねめん》」と呼ぶことになった。

厚仁は夜狐面を捕らえるべく、仲間の同心たちと連日夜の町を駆け回った。しかし、それをあざ笑うように、被害は常に同心たちの近く、しかもあと一歩及ばない場所で発生した。

厚仁も他の同心たちも、夜の町の屋根の上を飛び跳ねる白い獣を目撃している。夜狐面はやはり化け狐ではないのかと噂は大きくなり、人々の狐に対する憎悪は激しくなっていった。

「遊んでいるつもりかもしれんな」

多聞は厚仁から夜狐面の動向を聞き、考えた。

「遊ぶだと!?　化け物が人間さまを玩具だとでも思っているのか！」

厚仁は多聞の部屋でやけ酒をあおっている。昨日もすんでのところで夜狐面を取り逃がしてしまったのだ。あとには血を抜かれた死体だけが転がっていた。

「人間だけが遊びを楽しむわけじゃない。しかも相手は千年前に都を荒らした妖怪なんだ」

膳の上には酒だけでなく、豆腐に茹《ゆ》でた白魚を載せたものも用意してある。塩で揉んだ胡瓜《きゅうり》を出すと、厚仁はそれをバリバリと噛み砕いた。

「それで今日はなにか新しい話があるのか、多聞」

「うむ。夜狐面を捕らえる方法についてだ」

「なに!?　教えろ！」

「夜狐面が九尾の狐の二本目の尾である話はしたな？」

多聞は狐穴から戻った翌日、夜狐面が唐渡りの九尾の狐の一体であること、王子の狐たちが彼を倒したいと思っていることなどを厚仁に話していた。

厚仁はそれこそまさに狐につままれたような顔をしていたが、「ふざけるな」とも「信じられん」とも言わなかった。ただ黙って聞いていた。こめかみに血管が浮き上がり、あぐらの膝を摑んだ指がぴくぴくと震えていたのでかなりの感情を抑え込んではいたようだったが、なんとか最後まで話を聞いてくれた。

そのあと多聞は青の話もした。迷ったが、青と同じように厚仁は信頼できる友人だからだ。

それに厚仁は青が二本目から「兄弟」と呼ばれたことを肯定したのを知っている。下手に隠し立てして青が疑われるのは避けたかった。

青の千年の恋の話を聞き、厚仁の感情はまた大きく揺さぶられたらしい。聞いているうちに目が潤み、顔を真っ赤にして泣き出した。口も悪いし頑固で融通の利かない男だが、情には厚い。

「化け狐めえ、俺をこんなに泣かせやがって、覚えてろ」

厚仁は洟をすすってそんな恨み言を口にしたくらいだ。

「青の話によると夜狐面——二本目の狐はとても傲岸不遜な性格らしい。今のように、同心や岡っ引きたちのすぐ近くで事件を起こしているのも、その自信過剰な性質の表れだ」

「だな。その二本目の狐の性質《タチ》が悪いのはよくわかってる。どうすれば捕まえられるかって話だ」

「そこだ」

多聞は徳利を膳の上に戻した。

「厚仁から奉行所を動かしてもらえないか?」

「奉行所を?」

「そうだ。ヤツの性格を利用しておびき出すんだ」

その夜、北町奉行所の同心五名、捕り方三十名が王子稲荷の前に集合した。いずれもたすきを絡《から》げ、袴の股立《ももだち》を取り、頭には鉢金を締めた戦闘態勢だ。

「板橋!」

奉行所で上司に当たる与力の渋谷《しぶや》惣佐衛門《そうざえもん》が厚仁を呼んだ。

「はっ」

厚仁は馬に乗っている与力の下へ駆けつけた。

「王子稲荷周辺に夜狐面の潜伏場所があるというのは確かなのか！」

「は、先日夜狐面に遭遇したものが、確かに装束榎《しょうぞくえのき》の辺りで姿を消したのを目撃しております」

「装束榎とはな。夜狐面はもしや王子の狐の化身なのではないか？」

装束榎というのは王子の狐たちがそこで装束を改めて稲荷に参る、と昔から伝えられている大榎だ。

「王子の狐たちは稲荷権現の神使です。夜狐面はその神の使いを汚す悪党。そこのところはお間違えなきよう」

厚仁は冷静な声で言ったが、顔には汗をびっしょりとかいている。暑さだけではない、奉行所を巻き込んだ大嘘のせいだ。

稲荷神社の参道には篝火《かがりび》が赤々と焚かれている。同心たちは数名ずつの捕り方を連れて、王子の町に散っていった。厚仁もさすまた、突棒、袖がらみなどという武器を持った捕り方たちを後ろに走り出した。

夜狐面が王子にいるというのは同心たちを集めるための方便だ。大勢の同心が自分を捕らえるために集まっていると知れば、彼の慢心が刺激され、必ず姿を現す、と多聞が厚仁に持ちかけた。

「王子の狐たちも夜狐面を倒したいと言っている。だがやつの力は強い。人と狐が協力するしか方法はない」

同心たちが王子に集まれば、夜狐面は必ずその近くに現れるだろう。それを狐たちが追いつめる。多聞は王子の狐たちと立てた計画を話した。

「つまり俺たちに囮になれと言っているのか」

「夜狐面は必ずおまえたちの近くで事件を起こす。直接手を出してくることはないからおまえたちに被害は出ない……と思う」

「馬鹿にしやがって。直接向かってきてくれる方が嬉しいぞ」

「そう言わずに頼む」

多聞は厚仁に頭をさげた。これ以上江戸を夜狐面に蹂躙《じゅうりん》されたくはなかった。

「やつの死体は必ず奉行所に渡す。だから協力してくれ」

ここに奉行所のものたちが知らないうちに、狐と人間の奇妙な共同戦線が結成された。

「多聞……無茶すんじゃねえぞ」

厚仁は捕り方たちを指揮しながら夜空に友人の無事を祈った。

「夜狐面が現れたようです」

王子稲荷の狐穴に、青と一緒に身をひそめていた多聞に、狐から連絡が入った。

「予定通り、彼らの仲間が西の原に誘導しています」

青が狐から聞いたことを多聞に伝える。青の傷は完全に癒えていた。通常の人間ならもうしばらくは動けない重傷だったが、青はわずか四日で傷跡ひとつ残さず回復した。今回の計画は青の回復を待って立てられたと言っていい。

「うまくいきそうだな」

多聞は狐に向かって笑いかけた。連絡にきたのは袴をつけた片目の子狐だ。彼は人の言葉を話さないが、青には通じる。

「ここから西の原には行けるのか？」

「行けます。彼らの火渡りを使えば造作もない」

青が言い終わらないうちに、洞窟の壁だったところに青白い火が灯った。それは遠くまでつながっている。

片目の子狐がたっと闇の中へ駆けだした。姿が小さくなったとき、袴の尻から出ている黄色い尻尾が大きく振られたのが見えた。

「西の原に通じたようです」

「よし」

多聞は腰に差していた小太刀の銀色の柄を握った。

「行こう」

西の原には無数の狐火が浮かび、あたりをぼんやりと照らしている。

その中に白い線となって走っているのは夜狐面だった。夜狐面の姿は以前見たときよりさらに大きくなっていた。巨大な馬ほどもあるだろう。何人もの血と命を吸い取った怪物だ。

その怪物の周りを王子の狐たちが恐れも見せず取り囲み、一緒に駆けている。ときおり狐たちが空に舞い上がるのは、飛び上がっているわけではなく、夜狐面に弾き飛ばされているのだ。

夜狐面はいらだたしげに首を振り、飛びかかってくる狐たちを蹴散らしている。彼にしてみれば王子に集まった同心たちをからかうために姿を現しただけなのに、思わぬ伏兵に出会ってしまったというところだろう。

「いいぞ、狙い通りだ」

草原を走る白い尾を見つけ、多聞は呟いた。目指すは西の原に立つ一番大きなケヤキの木。狐たちはそこに巧妙に夜狐面を追い込んでいる。

「では、俺は行きます」

青はそう言うと狐の姿になった。そして背の高い草むらに飛び込む。草の海の中に一瞬青の背が青銀に輝くのが見えた。

「頼むぞ……計算通りに行ってくれ……」

多聞もまた銀の小太刀を握りしめ、草の中に飛び込んだ。


夜狐面、と人間に名付けられた二本目は腹を立てていた。どうしても狐たちを振り払えない。これが人間ならその足ののろさでとっくに撒《ま》いているところだが、さすがに四つ足の獣は違う。右から左から、前から後ろから、何匹もが交互に飛びかかってくる。

走っていく先に大ケヤキが見えた。

(ちょうどいい、あのケヤキを背後にとって、迎え撃ってやる)

夜狐面は進む速度を速めた。もうじきケヤキに着くというとき、急にビリッと体にしびれを感じた。

(なんだっ!?)

一瞬足を止めたとき、夜狐面を取り囲むように、地面から四本の棒が勢いよく突き出した。それらには注連縄《しめなわ》が張られており、縄にはシデがついていた。

（なんだ、これは！）

夜狐面は縄に向かって飛びかかった。だが、見えない壁があるように、弾かれてしまう。

夜狐面は注連縄で囲まれた四辺の結界の中に閉じこめられてしまったのだ。

「九尾の二本目！　観念せい！」

狐たちの中からかみしもをつけた大狐が姿を現した。

「この結界は王子稲荷、豊川稲荷、伏見稲荷、山王稲荷、穴守稲荷……江戸はおろか関東中の稲荷の加護を受けた縄を縒《よ》り合わせたもの。なまなかな力では破れんぞ！」

大狐の背後で狐たちが一斉に座り、封印の呪文を唱え出す。その声に応えるかのように、ぶらさがったシデが激しく震えた。

「おのれ……下等な野狐《やこ》どもが……！」

夜狐面は立ち上がり取り囲む狐たちを睨みつけた。

「浅知恵を絞ったところで……千年を生きる我の前では児戯に等しい……この結界、確かに強力だが」

夜狐面は腹の底からの嗤いが止められなかった。

「真上が抜けておるわ！」

そう叫ぶと夜狐面は飛び上がる。まっすぐに、ケヤキの上を目指して。

だが、それこそが。


「待っていたぞ！」


夜狐面は見た。ケヤキのてっぺんから自分めがけて飛び降りてくる一匹の銀狐を。

「おまえっ！　九本目！」

「最後だ！　二本目！」

下から飛び上がる力と上から重力を味方に飛び降りる力、どちらが勢いがあるだろうか。

青の腕が、足が、大きく太くなり、その先の爪が倍ほどに伸びる。青は口を大きく開くと牙をひらめかせた。

「おのれ、おのれえええっ」

空中で青と夜狐面が激突する。振り下ろす青の爪は夜狐面の目をえぐり、喉を切り裂いた。

「ギャアッ！」

夜狐面の体は真っ逆様に地面に落ちた。青はその腹の上に全体重を乗せている。バキリと骨の折れる音がした。

「ギャアアッ、ギャアアッ！」

地面の上でのたうつ夜狐面の体が急激に縮んでゆく。その四肢を人の姿に戻った青が押さえ込んだ。周りの狐たちの呪言が大きくなる。

「多聞……ッ、先生！」

青の声に多聞が小太刀を抜いて結界を飛び越える。

「覚悟！」

夜狐面のそばで刀を振り上げたときだった。押さえつけられている夜狐面の首が、蛇のようにぐいいっと伸びた。その牙が多聞の小太刀を持つ腕をがつりとくわえる。

「うわあっ！」

腕にずぶずぶと牙が沈む。同時に体中の血が腕から夜狐面の口の中に吸い込まれていくのがわかった。

「うう、」

体中から急激に力が抜けてゆく。握った小太刀を放さないようにするのが精一杯だった。

「多聞先生！」

夜狐面の体を押さえている青が叫ぶ。夜狐面は獣の足をばたばたと暴れさせ、太い尾を地面に打ち付け、起きあがろうとしている。そうはさせまいと力をこめることしか青にはできない。

「く、くそ……」

夜狐面の牙はかんぬきのように多聞の腕を固定していた。自由なはずの左腕も力が入らず持ち上がらない。このままでは腕は食いちぎられ、血を抜かれてしまうだろう。

そのときだった。

取り囲み、呪言を唱えていた狐たちの中から、小柄な狐が一匹、結界を越えてきた。それは片目の子狐だった。片目は口を開けると夜狐面の喉にかぶりついた。

「グアッ！」

思わず夜狐面が口を開ける。その機を逃さず、多聞は小太刀を両手で摑み、体ごと夜狐面の胸にぶつかった。

「――！」

声のない悲鳴があがった。

夜狐面は子狐をぶらさげたまま首を伸ばし、自分の胸に小太刀を突き立てている多聞の肩と言わず背中と言わず、あらゆる箇所に牙を当てた。だが多聞は決して小太刀を放さなかった。

どのくらい時間がたっただろう。背中に当たっていた牙の感触がなくなった。

「先生……多聞先生」

静かに呼びかけられ、顔をあげるとそこに青の笑みがあった。

「多聞先生、終わりました」

「え……」

見ると夜狐面は仰向けに倒れている。そのそばにはあの子狐もいた。子狐は多聞を見ると、「キャキャキャキャ」と声を上げて笑った。

「倒した……のか」

夜狐面の胸に突き立てた小太刀を握っていた指はこわばりなかなか離せない。なにより嚙まれた右腕がまったく動かなかった。

「出血がひどい。すぐに医者に診てもらわなければ」

多聞の腕を見て青が申し訳なさそうな顔になる。

「医者はここにいる」

「自分で自分の腕は縫えないでしょう」

小太刀を夜狐面の胸から抜くと、そこから光の玉がふわりと現れた。今まで見たどの光より大きい。

青は光に両腕を差しのべた。光は青の手にまるで頬ずりするかのように寄り添い、ゆっくりと彼の胸の中に抱かれ、そして吸い込まれていった。

多聞はその光の中に、微笑む乙女の面影を見たような気がした。

「青、この死体、厚仁にくれてやってもいいか？」

多聞は草原に長々と伸びている獣の死体を見て言った。

「かまいませんよ、でもその前に多聞先生、こいつの尾を切り取っていただけますか？」

「わかった」

多聞はよろよろと立ち上がると夜狐面の背後に回った。一抱えもあるほどの尻尾の根本に小太刀の刃を当て、体重を乗せる。ブツリ、と重々しい手ごたえがあった。

「ありがとうございます」

青は尾を抱えた。尾の長さは青よりも長く、地面に横たわるほどだった。

「人よ、このたびは助力に礼を言う」

大狐が言って多聞に小さな壺を差し出した。

「これは荒川に住む河童《かっぱ》から譲り受けた傷薬だ。右手の傷もこれで癒えるだろう」

「河童……ですか」

本当に人の世のすぐそばには知らない世界が広がっているのだなあと多聞は思う。

「我らはこれで去る。だが王子の狐はそなたの助力と眷属を助けてくれた恩を忘れない。なにかあれば力を貸そう」

「ありがとうございます」

大狐のそばに片目の子狐がすっくと立つ。多聞は彼の前に膝をついた。

「おまえにとても助けられた。ありがとう」

子狐は三角の耳を三度パタパタパタパタと動かすと、そのままさっと身を翻して草むらに消えた。

気がつけばあれだけ大勢いた狐たちもいなくなっている。

「では厚仁を呼ぼう」

多聞は友人から預かっていた呼び子を取り出すと、それを夜の空に向かって高く吹いた。やがて遠くから小さく応える音が聞こえた。

「多聞先生。俺も行きます」

青がそう言って頭を下げた。

「また戻ってくるだろう?」

多聞は思わず確かめるように言ってしまった。それに青は小さく笑みを浮かべてうなずく。

「しばらくしたら、また」

「晩酌の用意をして待っているよ」

「はい」

そう答えて青もまた草の海に姿を消す。あとには巨大な獣の死体と多聞だけが残された。

終

厚仁をはじめ奉行所の面々は、草むらの中の異形の姿に腰を抜かした。確かに江戸の町を恐怖に陥れた化け物と言われれば納得できるが、これをどう報告したものか。

とりあえず近くの番屋まで運ぼうと荷車を持ってきたのだが、化け物は張り巡らせた注連縄の外へ出したとたん、ぼろぼろと崩れ出し、ただの土塊《つちくれ》となってしまった。

だが彼らにとってはそのほうがよかったのかもしれない。頭が狐で上半身が人間、下半身がまた狐の化け物など、記録に残すわけにはいかなかったからだ。

結局「夜狐面」はその後ぱったりと鳴りを潜めたため、飽きっぽい江戸の人々は、やがて雨戸を開け、川涼みに出かけるなど、通常の夜を取り戻した。

そんな中、多聞は毎夜障子を開け放ち、青の帰りを待っていた。母親に虫が入ると言われても、暑くてしょうがないので、と蚊取り線香を三つも焚いて抵抗した。

だが二日、三日五日と過ぎても青は戻ってこなかった。

二本目を倒したとき、アレの中から現れた光に娘の姿を見た。もしかしたら青はもう念願を果たして満足したのかもしれない。

小絵の魂を取り戻し、成仏させ転生を待つ。待つ、というのがどういうことかは聞いていなかった。

もしかしたら、と多聞は写本の手を止めて考えた。

青は自死するのかもしれない。そして少女と一緒に輪廻の輪に乗ろうとするのかも。

そもそも小絵がいつ転生するのか、本当に転生するのかわからないではないか。

妖怪を倒すという目的もなく、いつになるかわからない出会いをただ待つなんて、人間である多聞には耐えられない。同じように青も耐えられず、無為の時を過ごすよりはと自ら死を――。

「ええい!」

多聞はきつく頭を振った。

(悪いことばかりを考えてはだめだ。青は戻ると言ったのだからそれを信じないと)

「多聞先生」

庭から声をかけられ、多聞ははっと顔をあげた。持っていたペンを放り出し、縁側に這って出る。

「青？」

だが、庭に立っていたのは女形の鹿の輔だった。女物の浴衣を襟を抜かずに帯を低く締める、男の着方でまとっている。

「――なんだ、鹿の輔さんか」

「なんだとはご挨拶だね！　猿若町でも一、二を争う名女形がわざわざ来てやったのに！」

「一、二を争うとは自分で言うことか？」

多聞は体を返して畳に放り出したペンを拾い上げた。

「言ったもん勝ちって話ですよ。って、そういうことを言いにきた訳じゃないんだよ」

鹿の輔は縁側に腰を下ろした。右肩を軽くあげ、多聞の方をやや仰のいて見るだけで、たおやかな女の色香がにじみ出る。

「こんどうちでも新しい話をやることになったんだけどさ」

「振り袖始末はもうやらないのか？」

「あれはしばらくはね。それで次の話は夜狐面の話にしたいのさ」

「ほう」

ついこの間まで江戸を騒がせていた化け物の話を舞台にするとはよく考える、と多聞は感心した。

「それでさ、あの事件に多聞先生が関わってるんじゃないかって」

「関わってなどおらんぞ」

多聞はすぐに言った。

「そうかなあ。捕り方の一人が大ケヤキのそばで多聞先生を見たっていうんだよ」

あのとき、確かに多聞は呼び子を吹いて捕り方たちを呼んだ。王子の狐たちはもう姿を消していたが、多聞はとりあえず誰かが来るまではそこにいようと待っていたのだ。

人の姿が見えてからはすぐに退散したのだが、それを見られていたらしい。

「先生は振り袖お化けだって菊山兄さんから取り除いてくれた。あのきれいな薬売りと組んでなにかやってんだろ……まさか妖怪退治を」

「やってない」

多聞はすっぱりと断ち切るように言った。だが鹿の輔は食い下がる。

「夜狐面について知っていることがあるなら教えておくれよ」

「俺はなにも知らん。そんな話を聞きたいなら厚仁に聞けばいいだろう。王子で捕り物の指揮をとっていたのだから」

「板橋の旦那は夜狐面の話をするだけで機嫌が悪くなるんだよ」

以前、厚仁と一緒に高峯屋に行った時、鹿の輔にすっかり夢中になった厚仁に紹介してくれと頼まれ、二人を会わせたことがある。

その厚仁なら鹿の輔の気に入るような話ができるのではと思ったが、下手人が土塊になったということでは与力は認めてくれず、結局今も厚仁たちはいもしない夜狐面を探しているらしい。機嫌が悪くなるのも仕方がない。

「俺は忙しいのだ。この本を今月のうちに写してしまわねばならぬのだから。そんな話ならもう帰ってくれ」

少し声を厳しくして言うと、鹿の輔はさすがに鼻白んだ様子で縁側から立ち上がる。

「ちぇっちえっ、愛想のない。とりあえず今日は帰るけど、いつか必ず白状させてやるからな」

鹿の輔はそう言うと白い浴衣のたもとをひらひらさせて木戸から出て行った。

多聞が鹿の輔を拒絶したのは、妖怪退治などという話が出回ると、青が来にくくなってしまうかもしれないと考えたからだ。

人は自分と違うものは避けようとする。恐怖から攻撃する。いつかそんな垣根がなくなるときが来るまで、青のことは胸の内に仕舞っておきたい……。

多聞は蚊やりのひとつを持って縁側に出た。腰をおろし、線香の煙が夜空に上って
いくのを見つめる。

「いつ帰ってくるんだ、青……」

つい恨みごとめいた口調で呟いてしまった。

「遅くなって申し訳ありません」

いきなり耳元でささやかれ、多聞は座ったまま飛び上がってしまった。

「お、おまえ！」

いったいいつ来たのか、それともどこかに隠れていたのか、編み笠を外した青がに
やにやしながら立っている。

「おまえ！」

「はい」

「驚かすな！」

「おや」

青は笑みをすっと消すと、多聞の横に腰をおろした。

「せっかく急いで帰ってきたのに、第一声がそれですか」

ぷうと頬が膨らみ、すねた声がした。

「おまえが！　びっくりさせるからだろう！　こっちだって戻ってくるなら心づもり

があったんだ！」

「おお怖いこと」

青は首をすくめると懐に手を入れて紙包みを取りだした。

「これを作っていたので時間がかかったんですよ」

そう言って多聞に差し出す。

「なんだ、これは」

「……」

青の笑みはさっきとは違う、月の光のような優しげなものだった。

「先生の為《ため》に作りました」

多聞ははっとしてその紙包みを両手で掴んだ。

「まさか」

「はい」

青はうなずく。

「あの尾から作った岩を小さくする薬です。さすがに九尾の眷属、たいした薬が出来ました。おそらく、板橋さまの母上に効くはずです」

「おお……！」

手の中にある小さな紙包みが光り輝くようにも思えた。

「ありがとう、青」

「どういたしまして」

頭を下げた多聞に青もまた小さく頭を下げた。

「あがれ、青。すぐに晩酌の用意を――、いや、待て。世津どのに処方するほうが先か。これの使い方を教えてくれ」

包みの中には丸薬がいくつも入っていた。青はそれについて細かな注意をし、多聞は紙に書き写した。

「すぐに厚仁に届ける。待っていてくれるか」

「はい」

青は微笑んでうなずいた。だが多聞は青の手首をつかんで重ねて聞いた。

「本当に待っているな？」

「待ってますよ。多聞先生との晩酌を楽しみにして来たんですから」

「うむ」

ようやく安堵して、多聞は浴衣のまま庭から飛び出した。木戸を閉めるとき肩越しに振り返ると青はちんまりと畳の上に座っている。

もしかしたら青は別れを告げにきたのかもしれない、とちらと思った。もしそうなら、青の幸せを祈って見送るだけだが。

多聞の家のある松倉町から、厚仁の住んでいる橋町まで、大人の足で走って四半刻に届かぬくらいだ。厚仁を叩き起こし「母上に効く薬が手に入った」と言うと、涙を流して喜んでくれた。だが夜狐面の尾から作ったことは言わない。

世津も多聞に両手を合わせて感謝を伝えた。彼女と厚仁に薬の使い方を教え帰ろうとすると、厚仁が遅いから泊まってゆけ、と言ってきた。

「悪いな、厚仁。今日は家に客が来ているのだ」

「客くらい待たせておけばいいじゃねえか。おめえは俺と母上の命の恩人なんだ」

「厚仁。俺にとっておまえと同じくらい大切な友人が来ているのだ」

厚仁は多聞の顔を見て、唇の端をひくつかせた。

「それってもしかしてあの化け狐か」

「――そうだ」

「多聞。もしかしてもしかすると、あの薬は化け狐が持ってきたのか」

黙ってしまった多聞を肯定ととったらしく、厚仁は呻いた。

「だが厚仁。薬は必ず効くはずだ。青は薬に関して間違いを言ったことはない」

唇を噛む厚仁を見て、多聞は焦った。もし厚仁が薬を拒絶してしまったら、世津は助からない。多聞は祈るような思いで友人を見つめた。

「化け狐に……」

やがて厚仁は小さな声で言った。

「いや、青に、ありがとよと……伝えておいてくれ」

「厚仁」

多聞は友人の手を取った。彼が青を心から受け入れてくれたことが嬉しく、胸の中が熱くなった。

「自分で言え。青は今うちにいるんだから。飲む約束をしていたんだ、おまえも飲みにこい」

「いや、俺は母上の様子を見ているから……明日、顔を出すよ」

「――うむ」

多聞は浴衣の裾を帯に挟むと厚仁の家から駆けだした。一刻も早く青に会って、厚仁の言葉を伝えよう。


息せききって戻ってみれば、青はでかけたときと同じように畳の上にちょんとすまして座っていた。その姿を見て、多聞は縁側に突っ伏して安堵した。

「なんです、待っていると言ったでしょう」

そんな多聞に青は呆れた声をかける。

「そうだが……よかった」

多聞は顔を上げて笑いかけた。

「厚仁が……おまえにありがとうと言っていたよ」

「おやまあ」

青が目を丸くする。

「化け狐が作った薬にお礼を言うとは、板橋さまも大人になったものだ」

「おまえ、明日厚仁が来てもそんなこと言うなよ」

「では薬の材料についても？」

「当たり前だ」

多聞は台所にあるだけの菜を使って簡単なつまみをつくり、酒もたっぷり用意した。青がいつ来てもいいように、酒だけは準備していたのだ。

「お帰り、青」

ようやく準備を終えて、多聞は二つの膳を自分たちの前に置いた。改めて帰参を祝うと青はパチパチと瞬《まばた》きした。ちょっと身をすくめ、かしこまる。

「――こういうときにはただいまと言うものだと、先代の先生に聞いています」

「おお、その通りだ」

「少々照れ臭いですね」

青は片手で頭を撫でた。

「言ってみろ、聞いていてやるから」

「……ただいま」

本当に恥ずかしそうに青は小さな声で言った。

「うん――よく戻った」

目の縁が熱くなったが、気取られないように多聞は軽く洟をすすって笑顔を向けた。

「さあ、まずは一献」

多聞は青の持つ杯になみなみと酒を注いだ。

しばらく賑やかに飲んだあと、多聞はどうしても聞かずにいられないことを聞いた。

「それで青は……もうあやかしを探す旅に行かなくてもよくなったのか？」

「はあ？」

青は杯を手に首をかしげる。

「あの夜狐面の魂の中に、小絵どのの魂があったのだろう？」

「ああ……」

青は得心がいったようにうなずいたが、すぐに首を横に振った。

「あれだけでは足りません」

「え？」

「二本目の命の光はさすがに大きかったんですが、小絵のすべてが戻ったわけじゃないんです」

「なんと」

多聞は胸を突かれた。あれほど苦労して倒したのに、最後ではなかったのかと。そんな彼の顔を見て、青の方が申し訳なさそうになった。

「ただあれで小絵の光はずいぶんと完成に近づきました。それでもまだまだ足りません。俺の旅はもう少し続きそうです」

「そ、そうだったのか」

青の言葉にどこかほっとした。青の旅が続く限り彼はここに戻ってくる。そんなふうに考える自分は最低だな、と多聞は反省した。青は一日でも早く小絵を取り戻したいと思っているはずなのに。

「だからもうしばらく多聞先生にお世話になってもいいですか」

「ああ、もちろんだ」

そのかわり、自分は青のために全力を尽くそう、と多聞は改めて誓う。

あやかしを切り、光を集め、青の望みを叶えたい。

「共に戦おう」

多聞は青に手を差し出した。青のきゃしゃな手が多聞の大きな手の中に納まる。しかしその手は力強かった。

武居多聞は妖狐、青という友人を得た。九本目の尾だった狐は人間の友人を得た。ほんの百六十年ばかり昔の、江戸の夏のことだった。

―――――本書のプロフィール―――――

本書は書き下ろしです。

小学館文庫

あやかし斬《ぎ》り　千年狐《ちとせぎつね》は綾《あや》を解《と》く

著者　霜月《しもつき》りつ

二〇二二年五月十一日　初版第一刷発行

発行人　石川和男
発行所　株式会社 小学館
〒一〇一-八〇〇一
東京都千代田区一ツ橋二-三-一
電話　編集〇三-三二三〇-五六一六
販売〇三-五二八一-三五五五
印刷所――――大日本印刷株式会社

この文庫の詳しい内容はインターネットで24時間ご覧になれます。
小学館公式ホームページ　http://www.shogakukan.co.jp

ISBN978-4-09-407142-9